帥醫筆記

之3 難分難解

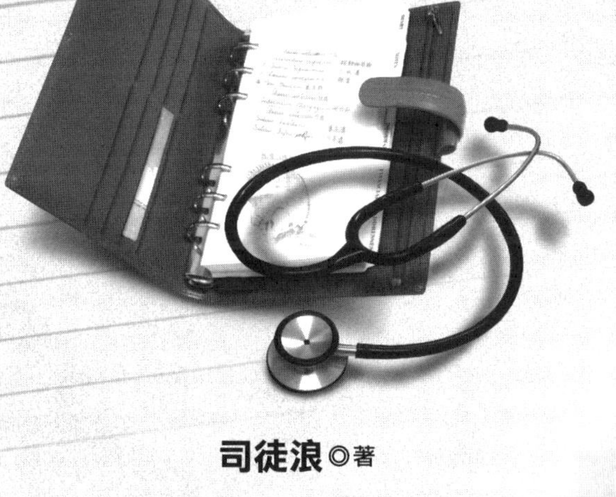

司徒浪◎著

我是一名婦科醫生。

每天，我都會接觸到女人那些難以啟齒的病痛，

我的職責便是為她們解除痛苦。

假如我看她們的笑話，出賣她們的隱私，

將她們的病痛當做閒聊話題，我就是個毫無廉恥的卑鄙小人。

我總認為女人比我們男人乾淨，她們不像我們男人，

為了競爭爾虞我詐，用心計、耍手腕，

她們心地善良單純，我因此本能地對她們產生憐愛。

我覺得女人真是一種奇怪的動物，她們有時候很難讓人理解。

女人的情感，就彷彿是天上飄著的一片雲，來無影去無蹤。

有時候你會覺得她們很變態，真的，她們固執起來的時候真的很變態。

說到底，男人或許是一種極端自私的動物，在他們眼中，只有獵物，沒有女人。

於是，許許多多說不清道不明、不便說也不能說的事情發生了。

而我只能將一切藏在心中，或者，寫入我的筆記……

——馮笑手記

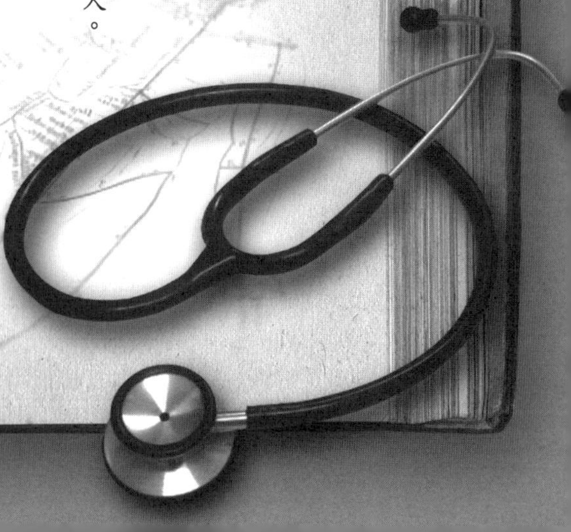

目錄

帥醫筆記

第一章

完美的自殺現場

我特地查看了法醫的驗屍報告，
報告裏並未提及死者血液裏面有防止血液凝固藥物的成分。
後來，當我忽然想起嫂子的職業，
就在那個時候我頓時就明白了。
於是，我再次去到了死者的住處。
終於，我在門的把手上找到了我需要的線索。

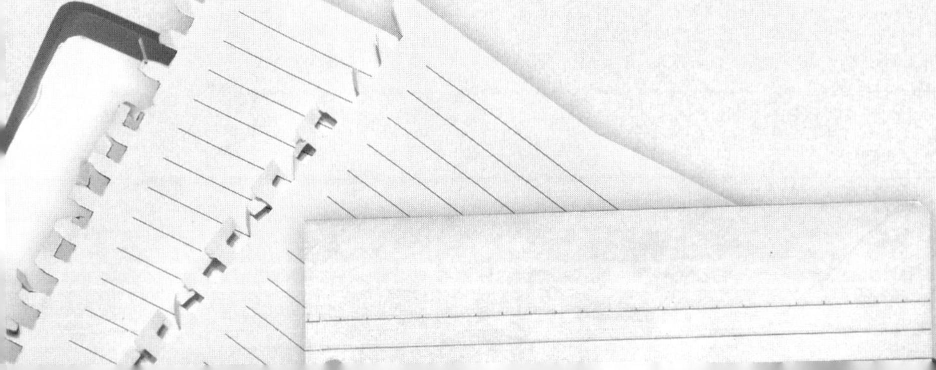

我身上沒有鑰匙，今天回家的時候我把鑰匙放在了家裏，而蘇華將我送到醫院的時候並沒有把我的鑰匙帶出來，所以我現在只好敲門。

「家裏還有人？」童瑤詫異地問我道。

我點頭，「我看到她的那封信後不多久就昏迷了過去，是科室裏的醫生發現我沒去上班，才知道我出了事。我剛從醫院裏醒來。我們科室的一位護士在我家裏替我收拾東西，我昏迷的時候把餐桌帶翻了。」

「哦，這樣啊。」她點頭說。

門被從裏面打開了，我面前出現的是莊晴的面孔。她在看著我，滿臉的關心，還有擔憂的神色。

「這是……」童瑤看著莊晴，「我好像認識你。」

莊晴卻沒有說話，她看著我。我沒有了辦法，只好介紹道：「她是我們科室的護士，她叫莊晴。」

童瑤看了我一眼，「怎麼不介紹我？」隨即對莊晴笑，「我叫童瑤，你好。」

莊晴的臉頓時紅了，「請進。」

我心裏很不是滋味——這個女人，怎麼把自己當成了這裏的主人了？莊晴，你的臉皮也太厚了吧？

我也隨即進屋。「童警官，既然你沒有帶搜查證來，那麼就請你拿了那封信後趕快離開吧。」

「馮醫生，你這可是逐客啊。怎麼？我這麼不受你歡迎？」她不滿地看了我一眼後說道。

「童警官，對不起，我現在的心情很不好。」我也發覺自己有些過分，同時還想到趙夢蕾現在正在她手上呢，「童警官，我妻子的事情麻煩你多關照啊。不過我現在的心情實在太過煩亂，一點也不想說話，請你理解。」

她點頭，「我當然理解了。馮醫生，你妻子的事情請你放心吧，我會關照的。至少不會讓她受苦。其實像她這樣的情況也不會受什麼苦的，她是自首，現在把所有的事情都對我們講了。既然這樣了，我們幹嘛去為難她？你說是不是？」

「謝謝。童警官，我想問問你，像她這種情況，今後會是什麼樣的判決啊？」我問道，看著她，我的心裏頓時慌亂起來。

她卻在搖頭，「這可不是我們管的範圍，判決是法院的事情。」

「你是員警，應該很瞭解這方面的情況吧？一般情況下會是什麼樣的結果？」我不甘心，繼續地問道。因為這是我目前最關心的問題，所以我必須問。

「她是屬於自首，這一點很明確。我們會把她的情況如實地報給檢察院。不過，她的犯罪性質很惡劣，情節和罪行都很嚴重。對了，你知道她的犯罪過程吧？」她忽然問我道。

我搖頭，「她沒有告訴過我。」

「哦，我知道了。馮醫生，你妻子對你很不錯啊。有句話我也只能私下對你講，你妻子這樣做是很正確的，不然的話很可能把你也拉進去，到時候檢察院控告你知情不報、包庇罪犯可就麻煩了。對不起，她的犯罪經過我也不能告訴你，因為這個案子目前還屬於保密階段。」童瑤歎息著說。

我心裏覺得更不好受。

「至於今後判決的可能，從我的經驗來看，最多也就是個無期徒刑吧。對了馮醫生，你得替她請一位律師，也許這樣對她今後的判決更有利。」她繼續地道。

我很感謝她對我這個真誠的提醒，「知道了。童警官，你認識比較好的律師嗎？」

「律師我倒是認識不少，不過那些知名的我卻和他們沒什麼交道。而且，我作為辦案人員，也不大方便去幫你聯繫他們啊。」她說。

我很是失望，「哦，沒事，我自己想辦法吧。」

她看著我，「或者，我把他們的聯繫方式給你一份，你自己去和他們談。」

「也行。」我說。

「那我回頭給你吧。馮醫生，我就不打攪你了。那封信呢？」她問我道。

「在這裏。」莊晴在旁忽然說道，「我在地上撿到的，把它放在了茶几上。」

「好吧，我走了。」童瑤去拿了那封信後，朝我伸出了手來。我去與她輕輕握了一下，沒有說話。

「保重。」童瑤對我說，隨即又去與莊晴打了個招呼，然後轉身離開。

現在，客廳裏就只剩下我和莊晴了。

空氣彷彿慢慢凝固，而我內心的憤怒也開始緩緩地升起。忽然想到這是自己的家，「你也走吧。」我說。

「馮笑，我們可以談談嗎？」耳邊傳來的是她細微的聲音。

「你覺得我們還有談的必要嗎？」我冷冷地道，「莊晴，我妻子出了這麼大的事，你卻想和我談我們之間的那些事，難道你不覺得自己太過分了嗎？」

「馮笑，我就是想和你談趙姐的事啊。」她卻這樣說道。

我頓時詫異了，「她的事？她的事你準備談什麼？」

「馮笑，宋梅在這件事情上做得確實不應該。但是他並沒有把真相告訴員警啊？所以你也不能把這件事情的責任全部推到他的身上去……」她說。我內心的憤怒猛然地升騰起來，「莊晴，你竟然還來與我說這樣的事！如果不是宋梅故意讓夢蕾知道有人在調查她的話，她會去自首嗎？而且我還可以肯定的是，宋梅一定給夢蕾傳遞出了他已經掌握了某種證據的資訊，不然的話，她會那樣去做嗎？莊晴，你，還有宋梅真是想錢想瘋了，竟然做出這樣一些讓人，讓人……的事情出來！你，請你出去，我不想再看見你！」憤怒讓我有些口不擇言，而且也讓我激動不已，在說出了這番話之後，我竟然感覺到了心悸，還有頭暈目眩。

「你，馮笑，你的臉色怎麼這麼難看？」我看到的是她驚惶的面容，還有越來越遠的聲音……感覺自己的雙腿已經沒有了力氣，身體正在軟綿綿地傾頹。但是，隨即便感受到自己被人扶住了，當然是她，只能是她，我還聽到她在我耳畔大聲地叫喊道：「馮笑，馮笑！」

我討厭昏迷，但是我卻無法制止這樣的事情發生，只感覺到眼前一黑，隨後什麼都不知道了。

醒來後發現自己依然在這個家裏，而眼前看到的卻是兩張面孔——莊晴，還有宋梅。

我心裏猛然地一緊。

沒有人能夠知道我這一刻的恐懼。

當我睜開眼的那一瞬間，當我發現自己眼前竟然是這兩個人的那一刻，我感覺到自己的心臟彷彿驟然停止了搏動，腦海裏猛然跳躍出了一個可怕的詞語——「完了」。

「完了」這兩個字從我腦海裏冒出來的那一瞬間，還讓我猛然地想起了趙夢蕾，想起了謀殺。

這兩個人就在我的面前，他們正在看著我。

「終於醒來了。」可是，耳邊傳來的卻是莊晴欣喜的聲音。我內心的恐懼頓時減弱了幾分。

「馮大哥，你醒了？餓了沒有？」隨後是宋梅柔和的聲音。

我的恐懼消失了一大半，「你們幹什麼？」我弱聲地問道，心裏依然感到有些不大對勁。

「馮大哥，你不要誤會。我來的目的是想和你好好談談。現在趙姐出事了，這件事情我有責任。但是你想過沒有，如果不是你當初動員我去與警方合作的話，怎麼可能出現今天這樣的情況？現在看來，我們都是一直在被命運左右啊。

「那次你和我談了之後，我想了很久，倒不完全是為了先少付你那筆錢，我當時還想：也許這正是我與警方建立一種良好關係的機會呢。馮大哥，你知道的，我們做生意的人可是需要各種各樣的關係的啊。官員、員警、銀行、稅務等等方面的人我們都得去接觸。正因為如此，我才去找到了那位錢隊長。

「可是我萬萬沒有想到的是，他竟然要求我調查趙姐的那個案子。馮大哥，我可以發誓，我真的沒有把我的調查結果告訴警方，也沒有向趙姐暗示過我已經掌握了證據。這件事說起來還是我自己不小心，因為我在調查的過程中被動物園的人發現了我的意圖。我真的不是有意的。

「這件事情的調查本來就很難，要想不讓動物園的人發現幾乎不可能。哎！早知道我就不去調查這個案子了。馮大哥，也許你會說我調查這個案子是另有目的，我可以實話對你講，最開始的時候是那樣的，但是當我越接近真相的時候，就越感到害怕。

「我不是曾經提醒過你讓趙姐儘快懷孕的事嗎？其實那時候我就知道這件事總有一天會被揭開的。也許錢戰的能力差了點，他不可能破這個案，但是我們省公安廳裏可是人才濟濟啊，據我所知，我們省就有一位刑偵專家，他的名字叫康軒。不過這個人只插手那些重大的刑案，像趙姐這樣只是可疑的案子，他暫時還不會去管。但是他現在不管不等於今後也不去管啊？所以，這件事情的出現只是早晚的事情，也正因為如此，我才提醒你儘快早點做好準備。哎！可是誰知道呢？誰知道趙姐她，她竟然會在這時候去自首。」宋梅說道。

他其中的一句話打動了我——如果不是你當初動員我去與警方合作的話，怎麼可能出現今天這樣的情況？現在看來，我們都是一直在被命運左右啊。

我覺得他說得很對，命運這東西有時候確實很作弄人。如果沒有當初我的那個主意的話，或許現在的這一切就不會發生，至少會晚一些發生。

不過，我覺得這些話從他嘴裏說出來就顯得太虛假了，而且還有替他自己辯護的嫌疑。我很反感。

「宋梅，你現在說這些有什麼意思嗎？」我有些不大耐煩，冷冷地問道。

「馮大哥，我知道你現在最需要的是休息。不過我覺得你更需要的是冷靜，冷靜地思考現在的問題。趙姐的事情已經發生了，再也無法挽回。如果你在昨天晚上打電話給我就好了，可惜你已經不再信任我。哎！這也是命啊。好啦，我們不說這個了，現在我們來說說如何想辦法挽救這件事情的辦法。我們都想想，想想看目前有什麼好的辦法沒有。」他並沒有生氣，而是耐心地用一種低沉的聲調在對我說道。

「都這樣了，她已經承認了一切，現在還有什麼辦法？」我說，心裏不再對他有那麼強的敵意了。

「有一隻小雞破殼而出的時候，剛好有隻烏龜經過，從此小雞就背著蛋殼過了一生。這個故事雖然是童話，但是它卻說明了一個深刻的道理：其實脫離沉重的負荷很簡單，放棄固執和成見就可以了。」

他看著我說，「馮大哥，你明白我的意思嗎？現在，你覺得嫂子的事已經鐵板釘釘了，所以就開始背上了枷鎖，其實你不知道，只要你把這個枷鎖扔掉，就可以輕鬆地去做你應該去做的那些事情。比如去和檢察院的人、法院的人溝通，與辦案人員接觸，讓他們在自首和犯罪動機上找出減輕罪行的理由。這不是你現在最應該做的事嗎？可是，你卻完全放棄了這種努力。馮大哥，你覺得我說的是不是很有道理？」他對我說道，帶有批評的意味。

他的話深深地震動了我。現在我才發現自己確實在處理這件事情的方法上出了問題。就如同我們很多病人在得知自己患有癌症後，完全地放棄治療的情況一樣。要知道，癌症，即使是惡性腫瘤也有百分之一的人會得到康復的。但是很多人就那樣輕易地放棄了屬於自己的那百分之一的機會，生存的機會，就那樣輕率地選擇了死亡。在夢蕾的事情上，我也犯下了同樣的錯誤，因為我也是消極地在面對已經出現的這一切。

「你說得對。」我歎息道。

「對了，馮大哥，嫂子給你講過她作案的過程嗎？我估計她沒有對你講過是吧？如果她講了的話，你現在也不會坐在這裏了。哎！想不到嫂子這個人竟是一位女中豪傑。」他隨即說道。

他的話讓我很慚愧。因為他雖然表面上是在讚揚趙夢蕾，但是我卻聽出了他的另外一層意思：你老婆那麼優秀，你卻依然背叛了她。當然，也許這只是我個人的感覺。

「宋梅，你告訴我吧。」我說道。現在我更加感到羞愧，因為昨天晚上趙夢蕾曾經對我說過一句話——

當時，她問我為什麼不問她作案的過程，當時我感到很驚惶，即刻要求她不要講出來，於是她就對我說道：「我不說。我也真是，多煞風景的事情啊。而且讓你知道了，就更加坐實了你的包庇罪。」

她說了這句話之後，我就再也沒有說什麼了。現在想來我自己當時真的是很自私，因為在我的內心裏很害怕知道真相，而我害怕知道真相最根本的原因，卻是擔心自己也被捲入了犯罪之中。也許在當時我並不承認自己的這一點，但是現在我忽然明白了：自己就是那樣的想法。而現在，我的好奇心頓時強烈起來，我很想知道趙夢蕾是如何做到自己不在現場而殺害了她前夫的。

「其實我告訴你的時候，對她作案的整個過程並不是十分的清晰，主要還是推理為主。」宋梅說道，接下來便告訴了我他調查的整個過程。

「我首先調看了那個案件的卷宗，包括現場查勘情況，法醫對被害人的屍檢報告等等。最開始的時候我也沒有發現任何的疑點。不過有一點我與錢戰的看法很一致，那就是覺得死者沒有自殺的理由。

「死者家境富裕，工作穩定，在外面還有好幾個女人，從他的鄰居那裏我們得知，死者與其妻子經常吵架，而且死者還經常打罵自己的妻子。我還調查了死者的經濟狀況，但並沒有發現他有欠債的情況。由此我就更加懷疑死者自殺的原因了。

「有一點我從來都相信，那就是一個人的任何舉動都具有他個人的目的性，也就是說，人的很多行為都是有動機的。而死者恰恰就沒有自殺的動機，相反地，死者的妻子卻很具備殺人的動機。在員警搜查死者死亡現場的時候，發現死者的手機上有一條簡訊，簡訊的內容是威脅死者的。後來員警查過發出那則簡訊的手機號碼，但是卻發現那個號碼根本就沒有機主的任何資訊，於是他們判斷那個手機號碼可能應該是一張臨時卡。由於死者私生活比較混亂，所以員警很難查出那個號碼的主人究竟是誰。由此，錢戰他們才更加懷疑死者的妻子，但是卻苦於沒有任何的證據。」

宋梅開始娓娓道來。他一直沒有提及趙夢蕾的名字，只是用「死者的妻子」在表述。我很感激他，因為他這樣做的目的是不想讓我難堪。要知道，趙夢蕾可是我的妻子啊。

他繼續地說道：「馮大哥，我是在調查這個案件的時候，才知道嫂子就是死者的妻子。說實話，當時我就很想退出對這個案子的調查了。可是錢隊長卻來警告了我。他對我說：『我知道你與馮笑的關係，但是還原案情的真相是我們的職責，雖然你不是員警，然而你已經在做員警所做的事情了，你調看了我們的卷宗，而這些卷宗本來應該對你這樣的人保密的，要知道，我對這件事情可是擔了風險的。所以你必須繼續調查下去，不管是什麼樣的結果你也必須得調查下去，不然的話，我可以隨時找到一個理由把你的公司搞垮。』

「馮大哥，你是知道的，我們做生意的人哪有不犯過錯的啊？比如偷稅漏稅、向領導行賄什麼的，這些我都幹過。如果他存心要找我的碴，我可是毫無辦法。而且那時候我忽然有了一個卑鄙的想法，就是想通過這個案子掌握到你妻子犯罪的證據，由此強迫你去幫我落實那個專案。馮大哥，對不起。因為那個時候我發現你對我的專案並不是那麼的熱心，你完全是看在莊晴的面上才幫我的忙。而我早已經與莊晴有了矛盾，我們分手是遲早的事情，是吧莊晴？」

我看了一眼旁邊的她，發現她紅著臉在點頭，「馮笑，你說得對，我確實是為了錢才和宋梅一起來騙你的。我說的是我們已經結婚的事。我確實需要錢，而且宋梅也答應了我在專案完成後給我一大筆錢的。不過馮笑，我可是真的喜歡你的啊。現在我可以當著宋梅的面對你說這句話，而且就在昨天，我們已經去辦理了離婚手續了。如果你不相信的話，我馬上就可以把我們的離婚證拿來給你看。」

我可不想聽她說這些。在現在這種情況下說這樣的事情，會讓我對趙夢蕾更加的愧疚，而且宋梅也在這裏，這更加讓我難堪與羞愧。「宋梅，你繼續說。莊晴，你回去吧。」我直接打斷了她的話。

「你！」莊晴頓時生氣了。

「你回去吧，莊晴，現在談那些事情毫無意義。」宋梅歎息道，「有些事情還是我給馮大哥說的好。確實，你在這裏對我們的談話很不方便。」

「宋梅，我為什麼要聽你的？我曾經那麼愛你，但是你卻在外邊養了那麼多的女人。還有你，馮笑！你也不是什麼好東西！」莊晴勃然大怒，即刻站起來對宋梅和我大吵大鬧起來。

我感覺到她好像是在演戲似的，完全不相信她是真的在發怒。以前她和宋梅一起欺騙了我很久，現在我根本就不會完全相信自己面前的這兩個人。「莊晴，你不要搞錯了，這可是我的家。」我冷冷地說了一句。

「你！」她氣急，指著我說不出話來。

我不去理她，轉身對宋梅道：「你繼續。」

「馮笑，我沒有想到你竟然會是這樣的人！還有你，宋梅！你們男人都不是什麼好東西！我是喜歡錢，怎麼了?!我一個女人，你們男人喜歡我的時候就到我身體上來高興，不喜歡我了就一腳把我踢開。我還敢相信你們男人嗎？我只相信錢，只相信錢！嗚嗚！你們都不是東西！」讓我沒有想到的是，莊晴竟然開始咆哮起來，隨即就變成了嚎啕大哭。

她的哭聲讓我感到心煩意燥，同時在我的內心升起了一絲的憐惜。我發現，她的哭好像並不是裝出來的，而且我也看見了宋梅的臉色已經變得陰沉難看起來。

「莊晴，這樣吧，你去臥室裏面休息。對不起，我今天心情不大好。」我朝著她說了一句。

「你們都不是什麼好東西！嗚嗚！只知道欺負我這樣的女人……我走，我走還不行嗎？」她說了一聲後就跑到了門口處。打開門，「砰」地一聲將門摔了過來。我的耳邊還有她的哭聲在縈繞。

「哎！女人啊。」宋梅在歎息。

「她說得對，我們倆都不是什麼好東西。你和她還沒有離婚，在她還是你老婆的時候你竟然慫恿她和我那樣。我是已婚的男人，自己的老婆對我那麼好也不知道珍惜。我們都不是什麼好東西！」我說，心裏在鄙視著他和我自己。

「是，馮大哥你說得對。」他諂笑著說，「說起來我們都不是什麼好人。我娶了她，但是卻整天在外面鬼混，所以把婚姻看得很淡，為了錢，為了早日實現自己發財的夢想，我什麼都願意捨棄。我覺得這個世界只是成功者的天堂，只要有了錢，難道還怕沒有女人嗎？直到現在我依然這樣想。馮大哥，嫂子的事情也是一樣，只要你有了錢，什麼檢察官、法官，什麼員警，統統都可以買通。」

他那無恥的樣子讓我感覺到極其生厭，但是卻不想現在就得罪他，因為我對他有所求。「說吧，繼續。現在只有我們兩個人了。」

「好吧，剛才我說到了我當時的想法。確實是那樣，我當時確實有想通過這個案子來要脅你的想法。因為我已經把嫂子當成罪犯了。因為我覺得只有那樣才可以解釋一切。接下來我唯一需要做的就是去尋找證據了。」

他很聽話，再次開始接著前面的話題講述，「首先我就想，假如是我自己的話，如何才可以做到她這樣讓死者的死亡像自殺一樣，而且自己還有不在場的證據。我首先想到了麻醉的方式，比如讓死者吸入乙醚，這樣就可以讓法醫後來在檢查的時候很難從死者的血液裏檢查到它的成分，因為要讓一個人昏迷並不需要多少乙醚，而且乙醚具有極強的揮發性。這是第一步，然後就用刀割開被害人手腕處的動脈，不過不能割得過深，因為只能讓被害人在自己離開許久之後才死亡。

「可是我發現這樣做根本就做不到那麼完美的自殺現場，因為刀口的深淺根本就無法把握，而且嫂子還不是學醫的。而且傷口淺了後血液會自然的凝固，根本就不可能造成死亡。我也特地查看了法醫的驗屍報告，報告裏並未提及死者血液裏面有防止血液凝固藥物的成分。後來，當我忽然想起嫂子的職業，就在那個時候我頓時就明白了。於是，我再次去到了死者的住處。終於，我在門的把手上找到了我需要的線索。」

「是什麼東西？」我的好奇心頓時被他撩撥了起來，竟然忘記了對他的厭惡。

「毛髮，很細小的幾根毛髮。我把那幾根毛髮悄悄拿到一家動物研究所去化驗後，頓時就證實了我的猜測。」他回答。

「什麼動物的毛髮？」我問道。

「這個世界上除了人之外，還有什麼動物最聰明？」他反問我道。

「猴子。」我說。

他點頭道：「很接近了，是猩猩。」

「你的意思是說，是趙夢蕾讓那隻猩猩去殺害了她的前夫？不可能吧？那至少會有搏鬥的痕跡啊，根本就不會被別人認為他是自殺的啊？」我不大相信他的這個判斷。

「你說得很有道理。當時我也想到了這個問題。」他點頭道，「不過我頓時就想到了一種可能。但是我首先得證實自己最初的那個判斷，因為如果她真的是使用了那隻猩猩完成了她的任務的話，那我就必須得先去找到那隻猩猩，要知道，要完成這樣的任務，她就必須首先對猩猩進行訓練，也就是說，如果這隻猩猩真的存在的話，那麼這隻猩猩就與眾不同。我的意思你明白嗎？」

「我明白，不過……」我說。我心裏想的還是猩猩如何不讓趙夢蕾前夫反抗的事情。

他卻即刻地打斷了我的話，說道：「這個問題很好解決。一會兒我再告訴你。後來我就去到了動物園。我想：如果真的存在這樣一隻猩猩的話，那麼牠就肯定不會被關在市民的參觀區裏，因為嫂子要對牠進行訓練，就必然會把牠關在一個單獨的地方。

「她是動物園的副園長，要一隻猩猩當寵物餵養並不是什麼困難的事。對了，我還判斷這隻猩猩並不是很大，因為如果要把一隻猩猩帶回家裏，而又不能讓別人看見，其中最可能的搬運方式就是使用皮箱，出差的時候可以拖著走的那種皮箱。

「因為她是女人，不大可能採用其他的方式搬運這隻猩猩的。所以，我就判斷：如果這隻猩猩真的存在的話，那牠的大小我就可以初步確定下來了。可是，動物園那麼大，我怎麼可能在一定的時間內找到這隻猩猩呢？於是我就去找到了一位專門飼養猩猩的管理員，在給了他五百塊錢後，才開始問他動物園裏的猩猩是否都在這個地方。

「也許是他被我的那五百塊錢給迷惑住了，於是在我的不斷啟發下就告訴了我那隻猩猩所在的地方。現在想來，自己當時採用的那個辦法是有著很大的漏洞的。因為那個管理員雖然在收了我的錢之後告訴了我那隻猩猩的事情，但是後來他肯定會想到我調查這件事情的原因。不管怎麼說，猩猩也是重點保護動物，如果被某個人利用職權拿去私下餵養的話，肯定是不合法的。更何況嫂子是副園長，那位管理員肯定會拿我給他的那五百元與自己的工作做比較，在可能被開除與去報告情況的選擇上，他一定是會選擇後者的。因為我的調查太可疑了，試想：有誰會無憑無故去調查一隻猩猩的事情呢？也許，就是因為這樣，才讓嫂子知道了有人在調查她的事情。這也是我一時間思慮不周詳造成的啊！」

聽他這麼一講，我對他的敵意又減弱了幾分。「宋梅，如果真的是這樣的話，也就不能怪你了。這樣的事情誰能夠考慮得那麼周詳呢？何況動物園那麼大，如果不採用這樣的方式的話，是很難找到那隻猩猩的。」我歎息著說。

「馮大哥，謝謝你的理解。不過現在說這些已經沒有用處了。」他苦笑著說道，「那天，根據那位管理員的指示，我在動物園的後山上找到了那隻猩猩。在去那裏之前我去買了一些香蕉。我知道猩猩最喜歡吃香蕉的。到了那裏後我發現那隻猩猩被養在一隻大大的鐵籠子裏，周圍的環境幽靜，遊人很少去到那地方。

「如我所料，那隻猩猩並不是很大。我先給了牠一根香蕉，牠高興地接過去剝開了香蕉皮然後吃下，隨後看見我手上還有，牠竟然朝我伸出了手來。牠真聰明。我沒有立即把香蕉給牠，隨即從背包裏拿出一把鎖來，防盜門的那種鎖。我做了一個開門的動作，然後把那鎖遞給了牠，同時做了一個動作，意思是告訴牠，牠必須模仿了我的動作後，才可以吃到我手上的香蕉。本來以為牠很難做到像我那樣熟練的拉開把手的那個動作的，但是我沒有想到牠竟然做得那麼熟練。這下我基本上就可以確定了：牠就是兇手。

「於是我又給了牠一根香蕉，隨後拿出一把刀子來，同時又給了牠一根香蕉。我朝牠示範了一下割腕的動作，而牠卻來看我的手腕。這一刻，我完全地可以確定一切了。於是我準備離開，可是，當我向牠要回刀子和鎖的時候，牠卻怎麼都不還給我了。我很著急，這時候我忽然感覺到有人正在朝那地方過來，於是就急忙跑了。馮大哥，這也是我留下的一個破綻啊。但是，我真的不是故意的，我完全沒有想到那隻猩猩會因為長時間訓練，而把鎖和刀子當成了玩具。」

我頓時不語，因為我知道：如果換成是我自己的話，肯定就更不會想到。現在已經很明顯了，夢蕾就是因此而知曉了有人在調查她的事情，而且還因為那把鎖和刀子讓她更加明白：調查她的人已經掌握了足夠的證據。

「不過馮大哥，」宋梅繼續在說道，「有一件事情我並沒有做。我完全可以做到但是卻根本沒有去做的事情，因為在那一刻我忽然害怕了，猶豫了。因為我忽然想到了你。」

「什麼事情？」我問道，心裏有些詫異。

「本來最直接的證據就是取得那隻猩猩的毛髮，然後與我在死者住處找到的毛髮去作ＤＮＡ對比。但是我沒有那樣做。因為就在那個時候，我就決定了絕不把事情的真相告訴警方。馮大哥，雖然我用這件事情威脅、要脅過你，但是我真的沒有想過要把事情的真相告訴給警方啊。真的沒有。」他說。

我黯然，「謝謝你。可是，現在說這些又有什麼用處呢？」

「馮大哥，有件事情你想過沒有？」他卻忽然地問我道。

我用詢問的眼神去看他。他笑了笑後說道：「嫂子這個人很不簡單的，在這個時候她去自首，才是最明智的選擇啊。」

「為什麼這樣說？」我驚訝地問他道。

「你想過沒有？在這樣的情況下，如果她繼續試圖隱瞞下去的話，到最後只可能被判重刑。因為她並不知道調查她的人是我。一般來講，她首先考慮到的會是員警。與其在今後被員警發現真相，還不如馬上去自首，因為這樣一來就可以獲得輕判的機會。她還會想，即使現在自己不去自首，那麼今後被發現的可能性也很大。由此看來，嫂子是一個很理性、非常實際的一個人。」他說。

「她知道是你在調查她。昨天晚上我告訴了她的。」我說，心裏對他這樣評價趙夢蕾有些不大高興。

「那也一樣。」他說，「既然她知道有人在調查她，那就意味著事情遲早有暴露的那一天。」

我彷彿明白了他告訴我這一切的意圖了，於是冷冷地對他道：「你的意思是說，你的調查讓她對自己的事情有了明智的選擇？」

「也可以這樣說。」他大言不慚地道，「馮大哥，可能你會覺得我這個人很厚顏無恥是吧？可是我說的是實話啊。你想想，在這樣的情況下，她還有其他的選擇嗎？難道這不是她最好、最明智的選擇嗎？而且，從長遠來看，這個選擇也是正確的。對了，嫂子知道你和莊晴的事嗎？我想，以她的聰明不可能不知道你的那些事情。」

我不禁歎息：這個人真是太聰明了，聰明得讓人感到可怕。

第二章

女人天性

有人說，女人愛嘮叨，就如男人喜歡抽煙一樣是一種癖好。
奇怪的是，女人一嘮叨，男人就抽煙；
反過來，男人一抽煙，女人更嘮叨。
兩者相克相生，好像男人的抽煙是為了醺死女人的嘮叨，
而女人的嘮叨是為了撲滅男人的香煙。
也就是說，女人嘮叨與男人抽煙一樣是一種天性。

我點頭，「她知道的，早就知道了。可是直到昨天晚上才忽然對我說了出來。現在我才知道，其實她很自卑，所以才這樣容忍我對她的背叛。」

「不，她不僅僅是自卑，她真的很理智。現在像她這樣的女性太多了，同時也太少了。」他歎息。

我聽得莫名其妙，「宋梅，你這話是什麼意思？」

「馮大哥，你說，現在這個社會還有不在外面胡來的男人嗎？」宋梅看著我笑問道。

我頓時尷尬起來，「你不能以偏概全，這個社會上的好男人還是不少的。」

「呵呵，馮大哥的語氣像那些官方的語言。」他笑道，「那我換一種說法。這個社會上大多比較成功的男人都在外面有女人。我的這個說法你總贊同吧？」

我也笑，發現自己與他的關係正在慢慢恢復，心裏隱隱地覺得不安。

「男人喜歡在外面胡來，一是要滿足自己的生理需求。世界上沒有一個男人不好色的，按照你們醫生的說法是因為男性荷爾蒙在起作用是吧？在有了錢或者權之後，嘗試各種女人以滿足自己的欲望便成為了平常事，試問一個比自己老婆美貌百倍，年輕十年，性感一大截的女人，在男人面前難道會沒有足夠的吸引力嗎？

「當然，不在外面胡來的男人並不是因為他的生理欲望不強，而是因為他的意志，他的道德，他的良心在起很大作用，在應對性欲方面，男人都是平等的，就等於貓是否喜歡吃魚一樣。

「但道德，個人觀念等水準就各人參差不齊了，因此，喜歡外面的女人可以被認為是男人的天性使然，在有了錢，有了權之後繼續努力壓抑自己的欲望，相信不是每個男人都可以做得到的，其實古代已經印證了這一點，為什麼古代的人都是三妻四妾的？這反而是一個正常男人在性欲需要方面的正常表現，但到了現代，女權主義的產生，才會產生一夫一妻制，才會令到男人的這種行為被視為不正確的，因而古代男人三妻四妾對於男人來說的正常行為，到了現代就反而變得不正常了，這其實是一種觀念的轉變，而不是男人生理欲望的轉變。

「雖然女權主義盛行，男人的性欲並沒有改變，古代是這樣，現代一樣是這樣，不過這種性欲受到社會道德，法律等等的控制，令男人不能宣洩，也必須要尊重，就好像一隻貓被限制了不能吃魚一樣，但不可否認，在貓的潛意識中，牠還是喜歡吃魚的。因此可以見到的是，當男人有了錢，有了權，有了條件之後，這種最原始的，最本來的面目，就會暴露無遺了。馮大哥，你說我講的有沒有道理？」他笑著問我道。

我點頭，覺得他的話很有道理。「好像吧。你才說了一條原因。還有呢？」

「還有，成家以後的日子會平淡多過浪漫和新鮮。其實在結婚後，雙方都應該維持原有的那種微妙關係，互相理解和包容，這才是最重要的。如果你和你的另一半成為知心愛人，同甘共苦，誰都會有歸屬感，而不會在外面尋求寄託了。

「男人喜歡外面的女人，無一例外都是因為這個女人比老婆更有吸引力，從而作為滿足自己的生理需要，只是滿足生理上的需要，並不是男人有多麼愛那個女人。只要有一定的條件，我相信男人都會做出越軌的事情，這就是本性，並不能改變的。

「現在受到法律約束，男人表面接受一個妻子，但有條件的時候，他們會找女人，這些事情你又有什麼根本的解決辦法呢？我想，只要有性的存在，就不能避免有包二奶、嫖娼的行為。在中國，這些都是違法的，是通過法律限制人的生理性欲，但在歐洲，日本，有合法的嫖娼場所令男人發洩，原因是什麼？因為他們知道，用法律手段完全限制一個人的生理欲望，就像要貓不要吃魚一樣難，與其完全禁止，不如合法放開，因此，在外國，男人偷情的現象倒沒多少，因為男人都去了妓院了。

「中國傳統文化中三宮六院，妻妾成群是男人權利和地位的象徵，男人老婆多，好像才能說明男人有兩下子。男尊女卑的文化，讓女人跟物品甚至和牲畜同類，男人擁有的老婆多，無異於現在有些女人同時擁有幾個大品牌的包包。同時，在過去衡量女人的標準中也以能給男人找小老婆，是否能與男人的眾位小老婆相處好，管理她們管理得好為賢德標準。

「儘管現在時代不同了，但流毒思想仍在中國現代男人包括女人的骨子裏，這也許是中國男人比較趨於喜歡在外面胡來的根本原因之一吧。此外，中國人普遍自卑，中國男人也不例外，他們是否有能力和權利一定需要去向外界和自己證明的，一定需要一些物質和女人的附庸來包裝的。很多人討厭暴發戶，其實我們中國人大多都有暴發戶的心態。」他繼續說道。

我頓時也笑了起來，覺得他這個人很善於學習和總結，這樣的事情竟然在理論上也是一套一套的。不過——

「宋梅，你說的雖然有道理，但是你並沒有說清楚你自己前面的那個問題啊？你為什麼說我老婆很理智，而且還說現在像她這樣的女性太多了，同時也太少了呢？」

「我不是已經說了嗎？」他笑道，「過去衡量女人的標準中，也以能給男人找小老婆，是否能與男人的眾位小老婆相處好，管理她們管理得好為賢德標準。」

我搖頭，「那是過去，現在不一樣了。」

「對，這才是最根本的。」他大笑，「正因為如此，我才說現在這樣的女性太多了，同時也太少了。」

我更加糊塗了。

我沒想到宋梅說了老半天還是沒有說清楚那件事情，反而越說越複雜了。現在，凡是涉及到趙夢蕾的事情我都很關注，所以我必須問清楚他那句話的意思。

「其實說簡單點就是現在的女人都明白了現在的男人了，同時很多女人都學會了睜隻眼閉隻眼了。」他笑著回答。

我彷彿明白了點，「你具體說說。」

「我說了，現在事業上稍微成功的男人都在外面有其他的女人，即使沒有的也會去嫖娼。其中的道理我前面已經講了。其實現在很多女人都知道這樣的情況。為此，有的女人會大吵大鬧，甚至跑到男人的單位去告狀。但是那樣有用嗎？只能讓男人更憤怒，更加激化矛盾，最後往往造成婚姻的破裂。

「現在，很多女人會假裝什麼都不知道，她們理解自己男人的那種需要，也理解自己的男人對自己僅僅是出於審美疲勞，當然，她們一定會堅守一個底線，那就是感情必須留在自己身上，金錢也必須留在自己的家庭裏面。

「我說的這樣的女人越來越多了的意思是指：女人們大多已經看明白了這個社會，她們為了維繫自己的家庭，同時也理解自己男人在外面的艱辛，所以越來越多的女人選擇了沉默。越來越少的意思卻是指在前面所說的那些女人裏面特別聰明的並不多，因為她們選擇沉默完全是一種無奈。聰明的女人不會這樣做的。聰明的老婆會暗示對方自己知道那些事情，不過暫時不予計較，希望你及早回頭，同時在今後對自己的男人更加溫柔。」他說道。

聽了他的話後，我頓時呆住了。因為我想到了趙夢蕾。她從來不問我晚上為什麼那麼晚回家，而她還始終對我保持著那種讓人感動和溫暖的溫柔。她唯一沒有做的就是暗示我、提醒我了。

不，我覺得宋梅的話並不完全正確。現在我才真正覺得趙夢蕾才是這個世界上最聰明的女人了。因為她對我的那種溫柔到現在才讓我真切地理解，並猛然地深入到了我的骨髓裏面。

或許，她殺害前夫的事情只是她最無奈的選擇，也許她認為已經沒有更好的辦法可以處理好那件事情了，才在不得已的情況下那樣去做的。雖然現在在我看來她的那種做法其實是一種糊塗的表現，但我並不是她，她曾經的那種內心感受我無法知曉。但是，我相信她絕對是經過深思熟慮之後才作出了那樣的決定。

記得她給我的那封信裏面有一句話，關於離婚的事情，她說她今後會通過律師把離婚協議遞交給我。現在，我已經作出了決定：絕對不會同意與她離婚。我要等她，等她從監獄裏面出來。

也許這也是她最聰明的地方，因為她已經完全地感動了我。她對我所做的那一切已經讓我對自己以前的所作所為有了一種發自內心的羞愧。雖然我感覺到了她的這種聰明，但是我卻沒有一絲一毫的異樣感覺。

是的，我要等她，一直等她從監獄裏面出來。我暗暗地對自己說道。猛然地，我發現自己與宋梅早就把話題扯遠了。「宋梅，你說，如何才能夠讓我老婆的罪行得到最大限度的減輕？」

他笑了笑，道：「我前面講了那麼多，目的就在於此啊。」

我疑惑地看著他。

他笑道：「首先，我講了她作案的過程。然後我們一起探討了嫂子的性格和人品。從我們前面的談話中至少現在已經明確了以下幾點：第一，嫂子是一個非常優秀的女人。但是她的前夫卻是一個惡魔。天使一般的女人將惡魔一般的男人處死，這從情理上來講往往能夠讓很多人接受。其次，她是自首。自首可以讓法院在量刑的時候考慮輕判。第三，這才是最關鍵的，那就是你願意為嫂子去做工作，讓她能夠在最大限度的範圍內得到輕判。我們剛才談了那麼多，我的目的就是想讓你知道一點：嫂子對你真不錯，你現在應該好好幫她。」

「你這不是廢話嗎？我怎麼會不去幫她呢？」我說。

「可是，你能夠幫她嗎？你幫得上她嗎？」他問我道。

「你這話什麼意思？」我問，心裏很是不悅。

「馮大哥，我說了後你不要生氣啊？」他笑了笑，隨即來看我。

「說吧，不都是為了我老婆的事情嗎？」我說，忽然感覺今天的他顯得有些婆婆媽媽的。

「那好，我就把我該說的都說出來了啊。」他拿出一支煙來，「馮大哥，你抽嗎？」

我搖頭。於是他給他自己點上，深吸了一口，即刻露出愜意的神態，「馮大哥，你知道現在做有些事情的行情嗎？」

「什麼行情？」我問。

「你知道請一個好點的律師得花多少錢嗎？」他又問。我一怔，「不知道，怎麼？會花很多的錢？」

「據我所知，故意殺人案件的量刑標準為：處死刑、無期徒刑或者十年以上有期徒刑；情節較輕的，處三年以上十年以下有期徒刑。你聽清楚沒有？這裏面的東西可是很多的。律師的作用固然重要，公訴人、法官，還有現在正在辦案的那些人都會對今後的審判起到至關重要的作用。

「就拿律師費來說吧，從起訴階段開始一直到判決，他們將會收取十萬以上的費用。主要辦案人員、公訴人，還有主審法官，每人沒有二十萬根本就不起作用。我簡單地算過，如果沒有一百萬的話，趙姐的事情根本就不會有什麼改變，即使她有自首的情節，最好的結果也就是一個無期。此外，這些錢可不是那麼容易送出去的，必須得找到一個中間人去辦理這些事情。你想，如果你是主審法官的話，一個和你從來沒有交道的人忽然跑到你家裏來送給你幾十萬塊錢，你會怎麼辦？你當然不敢接受了。所以，這個中間人也很重要。馮大哥，你手上目前有這一百萬嗎？你有那樣一個合適的中間人嗎？」他問我道。

我這下才完全明白了：他說了這麼半天，最後的落腳點原來是在這裏。現在，他的意思已經很明確了：趙夢蕾的事情需要花錢，而你馮笑卻沒有那麼多。怎麼樣？我們以前談的專案繼續？

我頓時陷入了兩難的境地。

其實我完全應該想到宋梅絕不會無憑無故地跑到我家裏來，但是我卻偏偏從不好拒絕變成了對他的接受。而現在擺在我面前的竟然是這樣一種讓我感到極其為難的選擇。很明顯，他還有一句話沒有說出來：你得先幫我辦事情，然後我才會幫你去做後面的事情。

他是商人，絕不會做虧本的生意。關於這一點我心裏非常明白。不過，他說的很有道理。而且他在最開始的時候還說過一句話：現在最重要的是解決趙夢蕾的事情。

我手上確實沒有一百萬，連五十萬也沒有。怎麼辦？

我一直在沉吟。開始的時候是因為猶豫，而現在卻是無法開口。即使是為了趙夢蕾的事情，我也無法首先開口去對他說專案的事情。

而他也開始沉默。他在一支接著一支地抽煙。屋子裏面一片煙霧繚繞，香煙的氣味讓我感到很難受，甚至還有些呼吸困難。

我不住地在想著一個問題：是主動告訴他我同意馬上去談他的那個專案呢？還是等他先說出來？

可是，在這種沉默過去很久之後，我頓時明白了：他也在等待。他絕不會先說那個專案的事情了，因為他的誘餌已經朝我拋出，現在需要的是我的表態。

終於，我說話了。我不得不表態。在剛才的這場心理較量中我明顯地處於了下風，因為我不得不說話了，為了趙夢蕾。他把我看得很準。「宋梅，我明天就去找常廳長。」

「謝謝。」他扔掉了煙頭，臉上頓時擠滿了笑容，「馮大哥，你放心，嫂子的事情我會辦好的。對了，剛才我忘記說了一句話。其實我就是那個最適合的中間人。我可以通過各種關係去打通公檢法裏面的關節。你放心好了。」

我完全相信他的這個承諾。因為他應該也很清楚，如果他不履行諾言的話，那個專案隨時都可能會被終止。商人與官員較量的結果，永遠都是以商人的失敗而告終，這種情況在我們國家屢見不鮮。所以，現在我放心了許多。不過，我對另外的問題卻開始好奇起來。一個人在解決了大問題之後就會變得輕鬆起來，同時也會順其自然地去關注其他的事情了。

「宋梅，你真的與莊晴離婚了？」我問道。

他點頭，「我是男人，我有自己的事業，為了事業我不得不去逢場作戲。但是這樣一來，在經過一段時間之後就會慢慢厭倦起自己的婚姻來了。除非莊晴能夠像你老婆那樣把這一切看得很淡，否則的話我們的婚姻就不可能長久地維繫下去。

「可是，我沒有想到她竟然會採用那樣的方式，她竟然和你有了那種事情。我不想告訴你我是怎麼知道你們之間的事的，不過我一點都沒有責怪她，也沒有對你怎麼樣。因為是我自己先出的軌。不過我是男人啊，任何男人都不可能容忍自己老婆出牆的事。

「這個社會就是這樣，只允許我們男人在外面那樣，而女人那樣的話卻絕對不行。雖然我明知這是一種不公平，但是我和大多數的男人一樣不能容忍。所以，在我發現你們之間的關係之後，就即刻有了決定：與她離婚。

「不過在我與她談的時候我首先向她提出了一個要求，當然，我的那個要求對我對她都有好處。這件事情莊晴已經告訴你了，就是那個專案的事情。馮大哥，事情現在已經到了這一步，我覺得我們都沒有任何退路了。有句話今天我還想對你講，我覺得你這個人什麼都好，就是做事情優柔寡斷，而且有時候還很虛偽。

「我們都是男人，做事情的時候就應該果斷決策，然後雷厲風行地去幹。有些事情即使錯了也要勇於承擔，而不是逃避。就拿這個專案的事來說吧，雖然我在手段上讓你不恥，可是我也是付出了的啊。你說是不是？

「還有就是莊晴的事情，不管怎麼說，她和你也有過肌膚之親了，你怎麼能那樣對她呢？她是女人，我們當男人的應該去保護她們。對於我來講，雖然我和她的婚姻失敗了，但是我完全把她當成了自己的朋友看待。即使我們離婚了，我也不會對她冷漠無情的。上次房子的事只不過是我和她演的一場戲，其實那套房子本來就是她的。我買給她的。

「馮大哥，今天我的話雖然難聽了點，但是我覺得你確實應該好好反省一下自己了。且不說專案的事，就拿嫂子的事來說吧，如果你過幾天發現了她有什麼事情對不起你的話，難道你就要放棄對她的拯救嗎？」

「她沒有什麼事情對不起我，是我一直對不起她。」我說。不過他剛才的那些話確實震動了我，因為他說的話完全擊中了我的弱點。

「我說的是假如，假如是那樣的話，按照你現在的思維方式和性格，絕對不會那樣去做了是不是？也就是說，不管我怎麼去努力，你也會因此撕毀我們今天口頭上的承諾。馮大哥，我宋梅有時候確實喜歡使用非常的手段，甚至為達目的什麼事情都幹得出來。但是我從來都會遵守自己的諾言。即使沒有合同，我也會遵守自己口頭有過的承諾。」他說，隨即拿出一張卡來遞給了我，「這裏面有一百萬。上次那張卡你留在了那裏，那裏面有兩百萬。我從中取出一百萬去辦趙姐的事情。」

「你早已預料到今天可以說服我是不是？」我問道，心裏有點不舒服起來。

「是，我相信自己完全能夠說服你，因為你心裏還是很喜歡你老婆的。我們第一次吃飯的時候你告訴過我，說你和你老婆是中學同學。我知道中學時期男女之間那種朦朧的情感被轉化為真正的愛情之後，會是一種什麼樣的情況。

「好了，這件事我不想多說了。不過你剛才對我的問話又表現出了你對我的反感。你是不是覺得我把很多事情算計在前面，會讓你覺得不舒服？古時候的諸葛亮比我要聰明得多吧？你為什麼不覺得他討厭呢？那是因為你把他當成了智者，而你卻把我當成了惡魔。馮大哥，你為什麼就不能換一種眼光來看我呢？比如對我的推理能力用欣賞的眼光來看？」他也頓時不悅起來。

我頓時啞口無言。

「好啦，我得回去休息了。你也早點休息吧。馮大哥，我希望你今天晚上好好想想我們之間的談話。好好想想。」他隨即站了起來。

我依然沒有說話。他離開了。

他離開之後我才忽然想起一件事情來：我們說了半天，結果他還是沒有把趙夢蕾作案的具體過程講出來。

隨即歎息：這還重要嗎？事情已經非常清楚了，她訓練了一隻猩猩，然後在自己離開之後讓那隻猩猩殺害了她的前夫。

這裏面只差一個環節：她的前夫為什麼沒有反抗。這個問題他也好像說過，好像是用藥物讓他昏迷。

不，應該還有很多環節：猩猩什麼時候進屋，為何能夠延緩那麼多的時間實施犯罪，牠如何離開等等。

哎！馮笑，別再去想這些事情了。這個宋梅，他不告訴你事情的具體經過肯定是有道理的。而且你也沒有必要非得去把這件事情搞得那麼清楚。現在的現實只有一個：她犯罪了，她已經去自首了。我在心裏想道。

我躺在床上，腦海裏面不住地回想今天我們的談話。我發現他說的很多話其實都很有道理。同時，我也發現自己確實存在著很多問題。以前的我只是想好好當一個醫生，真誠地去對待每一位病人，很少去考慮如何與社會接觸的事情。現在看來，自己以前的那些想法確實單純可笑。

宋梅對我的批評很對，也很中肯。我這個人確實太看重別人對我的態度了，而且一旦發現有人欺騙了我的話，就會像小孩子般地容易意氣用事，由此讓自己表現出懦弱與膽小來，與此同時，我還很容易隨時改變自己對某些事情的看法和態度，正如同宋梅所說的那樣，我甚至隨時會踐踏自己的諾言。

頓時想起自己今天對莊晴的那種態度來，心裏不由得慚愧萬分。

拿起手機，給她發了一則簡訊：「對不起」。就這三個字。

不一會兒就發現有一條簡訊進來了，心想肯定是莊晴回覆的，不禁惶恐，因為我估計她的簡訊肯定是謾罵的詞語。

打開後才發現不是。這則簡訊竟然是陳圓發來的，是一個陌生的號碼。「我找到住處了。」落款是陳圓的名字。

看著這條簡訊，我心裏很是不安。在現在這種情況下，我覺得如果自己再去和她繼續交往的話，就更加對不起趙夢蕾了。但是我又有些替陳圓擔心，我很擔心她的安全。

想了想，還是給她回覆了：「最近家裏出了大事情，我沒空。」

一會兒之後，她發了一則簡訊過來：「我害怕。」

我心裏有些煩悶，快速地回覆了過去：「我很煩，你自己處理。」

手機頓時清靜了。不知怎麼，我反倒有了一種悵然若失的感覺。

第二天還是去到了科室。科室裏面的很多人都來關心地問我趙夢蕾的事情，這讓我感到更加的煩悶。但是我不好發作。唯一的辦法就是逃離她們，然後去查房。

去到昨天蘇華做手術的那個病人的病房時，才忽然想起了蘇華告訴我的那件事情，心裏覺得有些奇怪。不過我裝作什麼也不知道：這樣的事情有了目前這麼好的結果是好事情，我沒有必要再去節外生枝。

檢查完了病人的傷口，發現情況比較良好，「不錯，就這樣繼續下去的話，最多兩周就可以出院了。」我說。

「謝謝你。」病人的丈夫道，「馮醫生，給你添麻煩了。」

「沒事。」我說，「你們能夠理解我們當醫生的，我就非常感謝了。」

「馮醫生，我想請你吃頓飯，可以嗎？」病人的丈夫對我說，很誠懇的樣子。

「對不起，我最近幾天有很多事情需要處理。」我即刻拒絕了。雖然我在內心感謝他們的寬容，但現在，我只想在下班的時間待在家裏，因為我希望能夠通過自己家裏的一切，去感受趙夢蕾的氣息。

「我真的想請你吃頓飯。真的，馮醫生，麻煩你給我這個機會。」他說。

我想了想，「這樣吧，下午我再回覆你。今天確實有事情。我現在還無法確定今天的時間。」我說。我的心裏已經基本上答應了他的邀請，但是我今天必須去見常育。我不知道常育會有什麼安排。

這個病人我比較看重，因為他們原諒了我們的過失。不管從哪個角度上講，我都不應該拒絕。

他頓時笑了，「好。不過，不管你有沒有空，我都希望你能夠給我回個話。」

他說完就拿出一張名片來遞給我。我接過來看了看，只見上面寫著：江南集團林易，名字的後面沒有標明職務，再下一排是他的手機號碼、傳真什麼的。

「謝謝，我一定給你打電話。」我說。心想：他妻子住在這樣的普通病房，而他看上去又很平常，不像一個大人物的樣子。所以我就沒有怎麼在意。

這其中，我有過思考：江南集團在我們省屬於大型私營企業，它涉足汽車製造、房地產、證券業等等，非常有名氣。我看到他的名片時詫異了一下——這麼漂亮的名片卻沒有職務，應該不是一般的人。但是隨即想到他妻子所住的這個病房，還有他提出來的那二十萬索賠，也就沒有怎麼在意了。

不過我從心裏很感激他。覺得他與一般的病人家屬不一樣。在我接觸的病人及病人家屬中，凡是遇到這樣的事情往往會與醫院和醫生糾纏不清，甚至無理取鬧。而他們不一樣，他們很寬容。所以我在心裏對他們心存感激。

上午要下班的時候，給常育打了個電話。

「最近怎麼啦？怎麼一直不與我聯繫啊？呵呵！我錯了，應該我主動給你聯繫才是，可是我太忙了。」她接到我的電話後，就開始嘮嘮叨叨地起來。我頓時有了一種感覺：她最近的心情應該很愉快。

有人說，女人愛嘮叨，就如男人喜歡抽煙一樣是一種癖好。奇怪的是，女人一嘮叨，男人就抽煙；反過來，男人一抽煙，女人更嘮叨。兩者總是相克相生，好像男人的抽煙是為了醺死女人的嘮叨，而女人的嘮叨是為了撲滅男人的香煙。也就是說，女人喜歡嘮叨與男人喜歡抽煙一樣是一種天性。我以前也抽煙的，上大學的時候。後來考上了婦產科專業的研究生便戒了。這是職業的要求。

不過我覺得很奇怪的是，趙夢蕾不喜歡嘮叨。她在我面前的時候話並不多。現在想來才覺得有些奇怪。難道她刻意地控制了她作為女人的那種癖好？忽然想起她以前受到的那些折磨，我頓時明白了：她其實已經喪失了一些女性特有的東西。準確地講，她是一個心理並不完全健全的人。由此，我更加地內疚了，因為我對她的背叛。我似乎想像得到，她在內心對我肯定很失望。雖然她能夠原諒我，但是那種失望感依然會存在。

我打通了常育的電話，耳朵裏聽到她在嘮叨，可是我卻忽然走神了。直到她在電話裏發現了我的這種走神——「喂！你怎麼不說話啊？不是你打電話給我的嗎？」

我這才清醒過來，「常姐，我想見你。」

「有事嗎？」她問。

「嗯，有事。」我說。

「這樣吧，我們中午一起吃飯。晚上我有個接待。我們單位旁邊有一家酒樓味道很不錯，你過來吧。」她說，隨即告訴了我那家酒樓的名字。

我即刻出了病房，去到醫院外邊的馬路邊搭車。

第三章

內心欲望的復甦

前幾次我僅僅是把她當成了病人，
即使是給她做按摩的那次，也同樣沒有出現思想拋錨，
我的職業讓我對這樣的事情處於了麻木狀態。
但是今天不大一樣了。
常育說出她的想法，而且用女性的魅力在誘惑著我。
我感覺到自己內心的欲望在開始復甦。

我到了那家酒樓後給她打電話，她告訴我說她在一個雅間裏面，「你讓服務員帶你來就是了。」她說。

她肯定經常來這裏，我心裏頓時明白了。所以我進去後就直接去問服務員，「常廳長在哪個雅間？」

服務員笑得燦爛如花，「先生，常廳長等你很久了，請跟我來吧。」隨即帶我去到了一個巷道裏，剛才大廳裏一片喧囂，現在頓時進入了一個清靜之地，不禁感覺舒服多了。

服務員替我打開了一個雅間的門，然後朝我微笑，「先生，請。」我隨即就看到了常育，她正坐在那裏朝我笑著點頭，「想不到你來得這麼快。」

「中午不堵車。」我說，隨即坐到了她的對面。

「你好像瘦了。」她盯著我看了一會兒後說道。

「常姐，我家裏出事了。」我頓時黯然。

她睜大了眼睛，「出什麼事了？」

「我老婆……哎！」雖然在來之前早就想好要告訴她趙夢蕾的事情，希望能夠以此博得她的同情和幫助，但是當我真正坐到她面前的時候，發現自己實在難以把這件事講出口來。

「怎麼啦？你老婆怎麼啦？」她問道，臉上帶著關心的神情。

「哎！我也沒想到，她，她竟然謀殺了她的前夫。」我終於說出了口。

她看著我，一直看著我，眼睛睜得大大的，嘴巴也是。

我忽然感覺到自己在說這件事情的時候沒有注意自己的語氣，很可能造成了常育的某種誤解，於是急忙補充道：「常姐，你可能不知道，我老婆的前夫以前經常折磨她，她也是忍無可忍才那樣做的。她對我很好，我現在很擔心她。」

不知道是怎麼的，我發現自己在敘述趙夢蕾的事情的時候，語言忽然出現了乾癟的狀況。其實我自己知道，這是我對自己今天的目的而感到羞恥。

她收回了她的眼神，搖頭歎息，「哎！想不到她也是一個可憐的女人，我很佩服她。」

我頓時想起了她的遭遇，也明白了她這句話的含意，「常姐，我想幫助她。」

我說得很直接。我必須這樣，因為我很擔心自己繼續委婉的話，會讓我再也難以把今天來找她的意圖說出口。

「這樣的事情怎麼幫？」她說，「謀殺可是重案，這樣的事情很難運作的。」

我聽到她說出「運作」兩個字來之後，頓時有了一種奇怪的感覺。運作，說得多好啊。「常姐，她雖然是謀殺，但是她也是迫不得已啊。而且最關鍵的，是她自己去自首的。」

她依然在搖頭，「對不起，我與公檢法系統沒有特別的關係啊。而且這樣的案子，我出面不大合適。」

「不需要你出面的。」我急忙地道，發現自己今天在她面前顯得有些過於緊張了，「常姐，我沒有打算讓你出面去幫我這件事情。」

她詫異地看著我，同時帶著一種疑惑的眼神，「你究竟有什麼想法啊？別吞吞吐吐的嘛。」

「我……」我開始組織語言，「常姐，現在有人願意幫我……」

我還沒說完，她就即刻打斷了我的話，「等等，你是準備說宋梅要幫你是吧？等等，你先告訴我你老婆的具體情況。」

我的思維硬生生地被她給打斷了，於是只好把趙夢蕾的事情從頭到尾講述了一遍，「常姐，具體的情況其實我也不清楚，宋梅並沒有告訴我。」

她沉吟，「宋梅這麼厲害？以前你可沒有告訴過我。」

「他確實很厲害，比那些員警都厲害。」我說。

她朝我擺手，「馮笑，這樣的人很危險啊，你讓我想想。」

我頓時忐忑起來，我不知道她接下來究竟會是一種什麼樣的態度。不過我已經想好了，不管怎麼樣今天我都得求她，哀求也行。

她一直在思索，我目不轉睛地看著她。

服務員進來上菜的時候，她才從她的思索中回到了現實，「馮笑，來，吃東西。我們喝點酒怎麼樣？」她在朝著我笑。

於是我開始吃東西，還別說，我真的餓了。

吃了點，然後問她：「常姐，你有主意了？決定了？」

她點頭，「決定了。這個宋梅看來是個人才。我得好好用用他。你告訴他，我會儘量爭取他的這個專案的。」

「真的？」我驚喜地問道。

「這是一件一舉多得的好事情。第一，他可以幫我做很多事情；第二，同時對你的事情也很有幫助；第三，他會從此為我所用。所以你不要感謝我，我也是為了我自己。」她笑著說。

「這個人太聰明了，有時候聰明得可怕。常姐，你要先想好如何控制他。」我即刻提醒她道。

她點頭，「是啊。這倒是一個麻煩的事情。不過聰明人有聰明人的好處，那就是他們往往比較識時務。對於我來說只需要做到一點就夠了，就是不從他那裏去拿一分一釐，這樣的話我就會永遠安全。」她淡淡地笑了笑。

「這只是一個方面。但是……」我依然擔憂，因為我就已經被他給控制了。

「你是擔心我會被他控制是吧？」她問我道，「你放心，不會。聰明人有聰明人的弱點。越聰明的人往往膽子就越小，因為他們太過在乎自己了。古代的諸葛亮夠聰明吧？還有劉伯溫。他們不一樣在他們的主子面前服服貼貼的？你知道這是為什麼嗎？除了他們封建的忠君思想之外，還有就是對權力的渴求與畏懼。他們渴求權力，希望以此實現自己的人生理想和抱負，但是他們更害怕皇權，在皇權之下他們顯得像螞蟻一般大小。宋梅再聰明他也不過是一個小老闆罷了，即使他今後發展成了大老闆，他依然只是一個商人。在我們國家，手中掌握著政府的權力才是最厲害的。不管他今後的資本再雄厚，在我的眼裏他也僅僅是一個待宰的羔羊罷了。他聽話的話我會繼續扶持他，不聽話的話我可以讓他在一夜之間破產。這就是權力的作用。」

她在說這番話的時候神情冷漠，語氣平緩。不過我忽然感覺到了她的可怕。這是一個冷酷的女人。這一刻，她給了我這樣一個感覺。

她在看我，「馮笑，你別這樣。我是你姐，你和他不一樣。你只是一個醫生，而且你很單純，心地善良。我和你之間的關係已經是任何人無法替代的了，所以你一點都不要有什麼顧慮。馮笑，我會一直把你當成弟弟看待的，只要你提出什麼事情來，只要我能夠辦到，我會盡力幫你的。」

我有些感動，「謝謝。」

她看著我笑，「馮笑，我是你姐。那麼，姐如果有什麼事情的話，你願不願意幫我啊？」

「當然。」我毫不猶豫地說。

她看著我，臉上一片緋紅，雙眼中有波光在流動，「你那天讓我覺得好舒服。今天中午再讓我感受一次那樣的舒服好嗎？」

我手上的筷子頓時掉落。

我萬萬沒有想到，她會在這種情況下忽然向我提出這樣的要求來。

上次，在她的要求下我給她做了一次定點的按摩。我是醫生，而且還是婦產科醫生，所以我完全懂得女性的那些敏感部位，當然，在手法上也掌握得輕柔有度。對於女性來講，有一點與男性是一樣的——手淫對肌體的刺激，甚至比直接的性愛更強烈。

我正惶惶不安、不知道該如何回答她的時候，卻聽到她繼續說話了，聲音幽幽的，充滿著誘惑與迷情，「那天，你撫摸我的時候，頓時讓我有了一種很踏實的感覺，你的手指好柔軟，讓我感到又麻又癢，我從來沒有體驗過這種感覺。馮笑，你知道嗎？是你給了我前所未有的那種美妙的、銷魂的感受，我是女人，是一個有地位的女人，我不可能像那些富婆一樣隨便去找一個小白臉來滿足自己的性欲。但是你不一樣啊，你是我弟弟，你是醫生，你懂得如何讓我感到舒服。我經常在想，如果有你陪伴我的話，就太好了。馮笑，也許你覺得我太淫蕩了是吧？但是你想過沒有？我是女人，是一個成功的女人啊，我的欲望本來就比常人要強一些的。還有更重要的是，我信任你，我把你當成了自己最可以信賴的人，所以這樣的事情，我只有找你。就如同你遇到了困難馬上就想到了我一樣，你說是嗎？」

她的話已經說得非常明白了，我卻發現自己完全無法拒絕。她最後的那句話已經暗示了我，要想讓她幫忙的話，我就必須讓她舒服。這是一種交換。

「常姐，我想喝點酒。」我終於說出了一句話來。

她叫來了一瓶紅酒。「要是晚上就好了，多有情調啊。」她笑著對我說，同時媚了我一眼。我發現她真的很美，而且眼神特別迷人。有著成熟女性非同一般的魅力。

前幾次我僅僅是把她當成了病人，即使是給她做按摩的那次，也同樣沒有出現思想拋錨，我的職業讓我對這樣的事情處於了麻木狀態。這就如同賣珠寶的，如果讓他每天盯著那些珠寶看，他還會認為那些珠寶漂亮嗎？也許，在他們的眼裏那些珠寶不過就是一堆石頭罷了。

但是今天不大一樣了。常育已經明確地說出了她的想法，而且還用女性特有的魅力在誘惑著我。

我感覺到自己內心的欲望在開始復甦。

為了趙夢蕾，我必須答應她。同時，我還給自己找到了一個非常合理的理由。有一點我自己完全清楚：從我的本意來講，絕對沒有想去和常育發生關係的願望，絕對沒有。但是現在，我發現自己已經無法再迴避、再躲藏。

不過有一點我很肯定，那就是我並不反感她。

吃完飯後，她去叫來了服務員，「把帳單給我簽單。」一會兒之後服務員拿來了一個本子樣的東西，常育在那上面簽上名字後交給了服務員。

服務員微笑著離開了。「我們在這裏吃飯都是採用這種方式。每個月他們到單位來結一次帳。」她發現了我的疑惑，隨即笑著對我說。

她站了起來，我這才發現衣架上有她的外套，那是一件米色的風衣，急忙去拿起。她朝我笑了笑，轉身用她的後背對著我。我給她穿上。「謝謝。」她說。我聞到了一股沁人心脾的淡淡茉莉香味。那是她身上香水發出來的氣味。

剛才在吃飯的時候，我看見她的上身穿著的是一件薄薄的白色羊絨衫，現在她站起來後，便看見她的下身是一條厚重的淡灰色的羊絨裙。給她穿上風衣後，我頓時感覺到她有了一種莊重而飄逸的美。她的莊重來自於她變得冷傲的神情，而給我飄逸的感覺則來自於她身上的這件米色風衣。

出了酒樓，她在我的前面，我緊緊地跟著她。我發現她灰色羊絨裙下方的腿上是黑色的褲襪，她的腿顯得有些豐滿，但絕對不會讓人有肉肉的那種感覺，就是豐滿，雖然有些粗，但依然讓人覺得它們很修長。在她灰色裙子裏的雙腿，在她走動的時候仍然可以顯露出它們粗略的形狀。

她看了看時間，「你先搭車去我家，我馬上回來。」

「我沒有你家的鑰匙。」我說。心裏開始猛烈地跳動。

「你等我一會兒，我隨後就到。」她說，卻沒有來看我。我當然知道她為什麼會這樣，因為這個地方距離她的單位不遠。

我搭車走了。在車上的時候，我的內心忽然有了一種煩亂的情緒。幾次想吩咐計程車司機將車開到我的單位去，但一次次地都被我忍住了。

其實我早該想到的，早該想到這一天遲早都會到來。

我沒有想到的是，她竟然比我還先到。

「我走的是一條捷徑。計程車司機不會主動給你跑那樣的路線的。」她笑著對我說，站在門口處將我迎了進去。

我發現自己的雙腿有些僵硬，完全是在一種無意識的狀態下進入了她的家裏。她的家我已經有些熟悉了，很漂亮的地方。

她關上了房門，隨即從我身後緊緊地將我抱住，她的唇在我的頸後摩挲，「馮笑，好好喜歡我一次，姐等待這一天已經很久了。」

「常姐……」我說，發現自己的身體依然僵硬。

「別叫我常姐，把我的姓去掉，就叫我姐。」她說，雙手抱在我的腹部，手指開始靈動地插入到我的衣服裏。我皮帶的扣被她解開了，她的手繼續在向下。我身體的火焰頓時被她點燃……

不知道過了多久，她才悠悠醒轉過來，「笑，幾點鐘了？我差點死了。好弟弟，你真厲害。」

「我看著時間呢，差不多了。你快起來吧，馬上到上班的時間了。」我說，聲音在不知不覺中變得柔和起來。現在，我完全改變了自己對她的態度和感覺了。剛才，我和她已經完成了男女之間的那種事情，也就是說，她，已經是我的女人了。

「我，我打個電話，下午不去了。你要上班吧？可以不去嗎？」她問道，聲音斷斷續續的，沒有多少力氣的狀態。

「我要去上班的，我的工作和你的不一樣，關乎病人的性命。」我說，快速地穿衣服。

「嗯。」她說，閉眼側頭睡去。

「姐……」我看著她，猶豫地說道。

「你說……。」她的聲音悠長而無力。

「那件事情……」我還是說不出口，覺得自己很無恥。

「我知道了。你給宋梅說一聲，明天晚上我們一起吃頓飯。笑，有一把鑰匙在客廳電視櫃下面的抽屜裏面，你帶上，下次你直接到這裏來方便。」她說，依然閉著眼睛。

我離開了臥室，去到客廳。果然，我在電視櫃下方的抽屜裏面發現了一把鑰匙。拿起它，隨即掛在了自己的那串鑰匙裏面。

出門的時候有一股冷風吹來，我不禁打了一個寒顫，大腦也頓時清醒了過來。

馮笑，你怎麼能這樣呢？趙夢蕾還在公安局裏面呢。我這才開始懊悔起來。

可是，另外一股聲音卻在辯解著說：我這樣也是為了幫她啊。我一個小醫生，不這樣的話，還能怎麼辦？

說實話，剛才我與常育在一起那樣的時候，毫無快感可言。男人是需要潤滑和摩擦的，缺一不可。但是，我發現自己和她在一起的整個過程，完全沒有感覺到摩擦帶來的樂趣，如果不是頂的力量的話，很難讓我達到噴射的結局。

也許正是因為這樣的原因，才使得我現在有了一種索然寡味的感覺。此外，自責與後悔也隨之而來。

整個下午都在懵懂中度過，那種自責與懊悔一直伴隨著我。這種狀態讓我忘記了與那位病人家屬的約定。

直到要下班的時候，有個人來到了醫生辦公室裏，「請問哪位是馮醫生？」這是一個帥氣的小夥子，戴著眼鏡，很精神，他在朝辦公室裏的醫生們看。

「我是，整個婦產科就我一個男醫生，還需要問嗎？」我說。

「哦，對不起，我不知道你是男的。」他的臉上頓時堆起了笑容，快速朝我走了過來。蘇華在我們不遠的地方頓時笑了起來。

我也苦笑，「我就是男的，你不用懷疑。」

「對不起，我的表述有問題。」他歉意地道，「我們林總讓我來問您，今天晚上您有空嗎？」

「林總？哪個林總？」我莫名其妙。

「他今天上午不是和您約定了時間嗎？」他說。我這才驟然地想起那件事情來，心裏頓時慚愧不已，「對不起，今天忙昏了。你等等，我馬上給你們林總打電話。」

林總？他竟然是江南集團的老總？他怎麼會讓他的老婆住那樣的病房？我心裏很是詫異。

我決定馬上給他打電話，不是因為我知道了他是什麼「林總」，而是覺得自己沒有守信。蘇華的事情畢竟不是小事，人家能夠原諒她可是一般人很難做到的事情。所以，我覺得自己在這件事情上做得很過分了。

拿出名片開始撥打上面的電話，第一句話就是道歉，「林總，對不起，實在對不起，我今天忙昏了，忘記給你回話了。」

「說實話，我不大喜歡不守信的人。」他說，「不過你不一樣，因為我觀察過你，我發現你與其他人不一樣。你完全是一個很單純的醫生。呵呵！怎麼樣？晚上有空嗎？」

「行，你說吧，什麼地方？」我很是汗顏。

「小李不是正在你那裏嗎？他是專程來接你的。」他說。

「行，我馬上下班了。」我急忙地道。

他那邊壓斷了電話，我去看面前的這位小夥子，「小李，我們走吧。」

「學弟，你等等。」這時候蘇華卻叫住了我。

「馮醫生，車停在醫院的院子裏面，那輛林肯轎車。」小李對我說。

我不知道林肯轎車是什麼樣子的，「你告訴我車牌號吧。」

他隨即告訴了我，同時詫異地看了我一眼。我沒有反應：我不知道就是不知道，這有什麼嘛。我只知道林肯是美國的一位總統，他曾經解放了黑奴，長得像吸毒鬼似的。至於以他名字命名的車像什麼樣子，我就不知道了。

「學弟，趙夢蕾的事情怎麼樣了？你怎麼還有心思出去吃飯？」蘇華過來低聲地問我道。

「盡人力而已吧。」我歎息著說，「出了這樣的事情，我也沒辦法啊。」

她點頭，「你想過沒有？她不能生孩子，現在又這樣了，你們的婚姻……」

「我不會和她離婚的，我不想讓她失去更多。」我說，很堅決。

她看著我，像在看一個怪物似的，隨即歎息，「哎！學弟啊，你怎麼這麼傻呢？」

「她很可憐。我不能在這種時候做出那樣的事情來。不是我高尚，而是我覺得內疚。學姐，你不懂的。每個人都有自己的緣法，我和她是夫妻，就應該不離不棄。假如你先生也有什麼不測的話，難道你會忍心離他而去？」我說。

「學弟，這不一樣。現在的現實是，趙夢蕾已經出事情了，可是你還很年輕。學弟，我可是一片好心。」她頓時不悅起來，豎眉癟嘴的差點發火的樣子。

「學姐，你別生氣啊，我知道你是好心，不過我說的也是我最真實的想法。學姐，你也是女人，你想過沒有，假如你是趙夢蕾的話，現在最需要的是什麼？好了，我走了，人家在等我呢。」我說完後就朝辦公室外面走。身後傳來了蘇華的歎息聲：「傻啊你啊！」

我第一次看見這麼長的汽車。

「這車就是林肯？幹嘛開這麼長的車來？裏面可以坐好多人吧？」我問道，很詫異。

「這是我們公司在請最尊貴的客人吃飯的時候才用的車，今天林總特地吩咐我開這輛車來接你。」他說。

我不禁苦笑，「我算什麼最尊敬的客人啊！」

「那我就不知道了，一會兒您自己問我們林總吧？」他笑著說。

「你們林總是江南集團的老闆？」我問道。

「是，他是我們江南集團最大的股東，也是我們的董事長，不過大家習慣叫他林總。」他回答。

我很疑惑，完全不知道自己為何竟然成了林總「最尊敬的人」了。

半小時後汽車就開到了郊外，小李把車開到了一處別墅的前面停下。「到了，請下車。」小李對我說。

我發現這是一處幽靜之地，眼前的別墅很漂亮。

「馮醫生，歡迎。」我看見那位林總正站在別墅的大門前，笑容可掬地在朝我打招呼。他的身旁有一位身穿藏青色西裝的漂亮女人，她也在朝著我笑。

雖然我心裏一直疑惑，但是我想到了一點：那就是任何事情總有它的道理。從上次斯為民的事情上我有了一種預感，今天的這件事情一定與常育有著某種關聯。一定是這樣，不然的話一切都無法解釋。因為在這個城市裏面，我除了常育之外，就再也不認識其他的人了。

不過我不著急，因為我已經來到了這裏，我相信答案馬上就會揭曉。

「林總，你太客氣了，我一個小醫生，你妻子在我們醫院裏我也沒有特別關照於她。今天讓你如此厚待，我深感慚愧。」我迎著他走了過去。

他伸出手來與我握住，「馮醫生說笑了。來，我們進去。對了，我給你介紹一下，這位是我的助理上官琴小姐。」

「複姓的女孩子都很漂亮。」我恭維地對她說了一句。

「哈哈！這句話你有發言權。」林易大笑了起來。我微微苦笑，因為他的意思我懂，他說的是我從事的這個職業。

上官琴也在微微地笑，「馮醫生對我們女性很有研究吧？一會兒我倒很想聽聽你的高論呢。」

「我哪裏有什麼研究啊？我是醫生，病人在我的眼裏只是病人而已。」我說。

「馮醫生這話我可不相信。」上官琴笑道，「你是男醫生，這種性別的差異總應該引起你的注意是吧？是男人就會對女性的美醜有感覺的。」

我心裏有些不快，「上官小姐，你不是醫生，所以我無法給你解釋這件事情。試想一下，假如你是泌尿科的醫生的話，你在看那些男病人的私密部位的時候，會不會產生某種想法呢?道理是一樣的嘛。病人是因為疾病才到醫院來的，所以在醫生的眼裏也就只有了病人的器官，以及對她們某個器官疾病的判斷了。」

「我倒是覺得馮醫生的話很有道理。有人說男人從事婦產科不大好，但是據我所知，婦產科裏最優秀的醫生幾乎都是男醫生呢。就像廚師一樣，在家做飯的大部分是婦女，但出名的廚師大都是男人。」林易笑道。

「對不起啊馮醫生，我只是提出我個人的看法。也算是一種探討吧。因為我本人是女性，所以就對這個問題比較關心了。」上官琴笑著歉意地對我說道。

我點頭而笑，「可以理解。」

「馮醫生，這個地方怎麼樣?」林總指了指別墅的外邊，笑著問我道。

「不錯，有錢人的生活就是不一樣啊。」我歎息。

「我準備把這個地方擴建成一處孤兒院，你覺得怎麼樣?」他笑著問我道。

我大吃一驚，「孤兒院?這裏?這麼好的地方?」

這是一幢具有蘇杭鄉村風情的精緻別墅，它處於蒼翠樹木的掩映之中。剛才在車上的時候我就注意到了它的風格：平實而精緻，顯得自然、輕鬆、休閒、質樸，與庭院的親水準台、泳池、迴廊相結合，呈現出一種與自然融合的美感。

「不錯，真的很不錯。林總，如果你把這裏建成一座孤兒院的話，真是功德無量啊。」我由衷地道。

「馮醫生，聽你這話就好像是寺廟裏那些高僧說的一樣。呵呵！來，我帶你參觀、參觀。」他笑著說。

我點頭，跟著他往裏面走去。

別墅共有三層，由於是依山而建的，所以每一層的景色都各有千秋。

進入大門，是一條用鵝卵石鋪成的小路，小路的兩旁是一排石凳，石凳上排列著形態各異的花木盆景，讓人賞心悅目。小路往左一拐，是一扇月亮門，進入月亮門，就是別墅第一層的院子了。院子繞圍牆一圈，是一條一米寬的白水泥路，路的內側是一條人工挖掘的小溪，小溪的內側有一片菜園，一張石棋桌和一架不銹鋼管的秋千。由於有了這條小溪，就有了幾座只有三步遠的小石拱橋，橋上還建有小巧靈瓏的小亭子，橋下清澈透底的溪水裏，長滿一叢叢綠色的水草，隨著流水在翩翩起舞，成群的紅鯉魚就在水草中嬉戲。

穿過一樓大廳，登上十幾級台階就到了二樓，二樓的左側有一座腰子形的小型游泳池，池中的水湛藍湛藍的，池裏的水和樓下小溪裏的水都是從石縫裏擠出來的天然礦泉水，泳池邊還有兩張白色的塑膠躺椅。我想夏天的晚上，如果能在這冰涼的泳池裏游個泳，然後躺在躺椅上，吹吹涼爽的山風，數數滿天的繁星，那該是件多麼愜意的事情啊！

再蹬上十幾級台階，就到了三樓。三樓的房子是離山而造的，因此，房子和山坡之間就成了一片後花園，花園裏種滿了五彩繽紛的花木，遺憾的是即將進入冬季，所以我看不到萬紫千紅的美麗景象，但是我可以想像得到。總之，整幢別墅造型別致，室內曲徑通幽，九曲十八彎，就像一座迷宮，室外高低起伏，雕樑畫棟，簡直就是一座小皇宮，進了這幢別墅就讓人有一種休閒、古樸、幽靜的感覺，彷彿自己就成了隱居山林的古人。

它真的是太漂亮了。

「怎麼樣？你覺得這地方作為孤兒院怎麼樣？」他問我道。

「太好了。真不錯。」我不禁讚歎著說。

「聽說你有一位朋友鋼琴彈得不錯，而且現在還沒有工作。怎麼樣？你願意讓她到未來的孤兒院來上班嗎？」他問我道，笑瞇瞇地看著我。

我大吃一驚，張大著嘴巴看著他。他是怎麼知道這件事情的？

「呵呵！走，我們下樓去吃飯。我這人不喜歡兜圈子。我知道你心裏很疑惑我今天為什麼會帶你到這裏來，也很疑惑我為什麼不讓你們賠償的事情吧？走，我們邊吃邊聊。」他輕輕拍了拍我的肩膀，微笑著對我說道。

第四章

男人的自私心態

很多男人都會有這樣的想法：
一旦與女人發生了關係，就會情不自禁地去想一個問題：
這件事情究竟值不值得？如果在自己本身對對方
不是很瞭解的情況下，這樣的想法就會更容易出現。
說男人自私，我想這是男人自私的最具體的反應之一吧。

一樓的小溪旁，就在石拱橋的上面，一張桌子，我們四個人。一位衣著樸素乾淨的中年婦女在給我們上菜。上來的都是一些鄉村土菜，臘肉、燉豬蹄、幾樣新鮮素菜，還有兩樣菜我不知道是什麼。

「這是周嬸，她和她男人幫我在照看這個地方。周嬸做的菜味道不錯，你嘗嘗。特別是這道紅燒肉，還有這個，這可是附近山上的野雞。有時候週末我會去山上打獵。怎麼樣馮醫生，今後有空陪我一起去打獵怎麼樣？」林總笑著問我道。

「好啊。」我說，饞涎欲滴。

「小李，你去院子裏把我埋藏了五年的那罈高粱酒刨出來。今天晚上我們好好喝幾杯。」林總吩咐小李道。

小李興沖沖地去了。我猛然地想起了一件事情來！「林總，你與民政廳的常廳長是什麼關係？」

他猛然地大笑，「沒關係，但是又有點關係。」

我不解地看著他。

「馮醫生，我知道你有很多問題想問我。這樣吧，你問，我回答。這樣可以嗎？」他隨即笑著對我說，「對了，我們先吃東西，邊吃邊說。」

他的平易近人與隨和的語氣讓我也變得輕鬆起來，腦子裏首先想到的是那件一直讓我覺得奇怪的事——

「林總，那我可就真的開始問了啊。」我說。

「我一定知無不言。」他朝我微笑道。

「林總，你為什麼讓你夫人住我們那樣的病房啊？我們科室可是有高級病房的啊？你這身分，沒必要去住普通病房的啊？」我終於問出了自己心中的這個疑惑。

他微微一笑，「對年前，我還是一個小小的服務員。」

我一怔。

他看著我笑了笑，繼續地道：「當時我在一家小百貨店當服務員。那是一個下著雨的午後，行人紛紛逃到就近的店鋪躲雨。這時，一位渾身濕淋淋的蹣跚老婦，走進了我們的小百貨店。看著她狼狽的樣子和簡樸的衣裙，所有的人都對她漠然。我發現了她，於是過去誠懇地對她說：『老人家，我能為你做點什麼嗎？』老人朝我莞爾一笑：『不用了，我在這兒躲會兒雨，馬上就走。』隨即我發現她有些心神不定的樣子，頓時明白了：她肯定是覺得自己不在我們這裏買東西，卻借用了我們的屋簷躲雨，覺得不大好意思。於是，她開始在我們的小百貨店轉起來。

「可是她轉了許久卻沒有買到一樣東西。我發現她顯得有些茫然，於是急忙去到她面前，溫言安慰她道：『老人家，你不必為難，我給你搬了一把椅子，放在門口，您坐著休息就是了。』

「兩個小時後，雨霧天晴，老人向我道謝，然後顫巍巍地走進了雨後的彩虹裏。那天在雨後，大街上出現了彩虹，我現在還記得那條彩虹的美麗，當那個老人走進到彩虹裏的時候，我忽然有了一種奇怪的感覺：我覺得那個老太太不應該是人，她像遊戲人間的神仙一般。

「不多久彩虹就消失了，老太太也消失得無影無蹤。後來，半個月後，一個人來找到我，他告訴我說，希望我到他們公司去上班，而且還給我開出了很高的工資。雖然我心裏疑惑，但還是去了，因為他開出的工資對我太有誘惑力了。再後來，我才知道那位老太太原來是那家公司老闆的母親。

「我的事業就是從那裏開始起步的，後來我創建了自己的新公司，然後發展成現在的江南集團。雖然我的事業成功了，一切也都有了，但是我永遠都不會忘記那位老太太，她成為了我人生的榜樣和座標。所以，不管我在任何地方，都會像那位老太太一樣地低調做人，包括我的家人。」

我不禁歎息，「原來如此。這個社會像你們這樣的人已經太少了。」

「不，很多的。」他即刻糾正我道，「有一年我去武當山，在路途中遇見了一位老者。這位老者衣著簡樸，看上去也是非常的平常。我們在火車上的硬座上相對而坐。他當然不會知道我是什麼大老闆。由於旅途寂寞，我們就開始閒聊起來。後來我才發現那位老者的學識非常淵博，可以說是學貫古今。我發現自己和他攀談後受益匪淺。於是我再三請教他的名字，但是他卻總是對我一笑而過。

「在下火車前，他對我說了一段話，讓我至今都還記憶猶新。可以說，他的那些話，對我後來的為人處事起到了關鍵性的作用。再後來，我去逛書店的時候無意中發現了一本書，當我翻開那本書的封面時，頓時發現裏面作者的照片竟然就是那位老者，原來他竟是我們國家知名的易學專家。這人世間藏龍臥虎，英才無數，但是很多人選擇了隱居，這樣的人才是真正的高人。」

「他最後對你說了什麼？」我問道，心裏很好奇。

「他說我的名字取得好。易，在易經裏是變化的意思。他提醒我說要隨時根據自己的情況變化思路和策略。」他笑著回答道。

我很是不以為然，「這個道理很多人都懂，沒什麼可奇怪的。」

「是的，他說這句話的時候我也沒有怎麼注意。但是他接著又說道：『你這人從小受過很多的苦難，父母早早地就離開了這個世界，你是靠自己的努力與一次特殊的機遇改變了自己的人生。』他還說我心根正，土星亮，近日事業將有突飛猛進的發展，還說我白耳黑面，將來事業不可限量，可惜的是我文星不亮，學識上差了些，所以修養上就不夠好。又說我七七死絕之地，六八丁旺相逢，說我子嗣上有些問題。你們不知道，當時我聽了後頓時就驚呆了，因為他所說的句句是實。那時候我的公司剛剛完成了幾項大的專案，正在向集團化發展，而且我老婆幾次懷孕都流產了，至今我都還沒有孩子。」他接著我的話說道。

我暗自覺得好笑，「林總，想不到你竟相信這些算命之說。那些東西都是無稽之談。也許他是看見你的精氣神比較好，隨便說幾句話蒙你的，其中有幾句偶然被他說中了罷了。」

他卻在搖頭，「不是的，他的話很有道理。因為他的話完全驗證了我後來的情況。那天他還說我髮際壓眉，天庭不闊，主有水厄，說我在小時候至少在水中被淹過三次。這一點他又說對了。他又說我台閣發暗，命中有財，而只能對著金山銀山妄自嗟歎。現在我才發現他說的完全正確。你們說，我掙這麼多錢來幹什麼？我的胃不好，不善飲酒，吃海鮮過敏，住高級酒店擇鋪睡不著覺，前列腺炎很嚴重，對女人一點興趣也沒有。哎！他說得真對啊。」

我差點大笑了出來，「林總，我還是那句話，命相之說當成樂子聽一下可以，迷信了就不好了。」

他依然搖頭，「不，我完全相信。有件事情我老婆直到現在都不知道，那就是在我與她結婚之前還有一個女人，可是那位老者竟然算到了我這一點。他說我六歲喪母、十歲喪父，死不同年，但卻是同月同日，生不同年，但死卻同歲。他說我的命奇異無比，還說我靠叔父養育了九年，叔父待我如親子一般，只可惜我叔娘後來生了雙胞胎弟弟後就有了逐我出門的念頭。他說我很多年不去看望他們有失孝道，說我忘人大恩、記人小過，所以才折了一些福分。也正因為如此才沒有子嗣。他希望我今後多行善事，或許我以前的那個女人給我生的孩子還有望回到我身邊。

「他說的這些都是對的，準極了。這些東西總不可能是他蒙的吧？而且人家根本就沒有向我要錢，說完後就下車離開了。你們不知道，後來我去找了我以前的那個女人，但是卻一點消息都沒有。後來，當我得知那位老人的身分之後，專程跑到北京去拜訪他。可惜的是，他卻在一個月前就已經仙逝了。哎！人生無常啊。」

他說到這裏，我也驚訝了：難道這個世界上真的有如此神奇的東西？

「馮醫生，我可是瞭解過你，很多人都說你為人不錯，對待病人態度也非常的好。所以我相信，不管你遇到了什麼困難都會克服的。好人有好報，這句話一直是我非常信奉的。」他笑著對我說。

他的這句話我非常愛聽，所以心情頓時很愉快了。這時候小李已經拿來了酒，是一個陶製的罐，罐的封口處是黃色的泥封，「林總，你看，這罈子的密封很好。」

「把那泥封去掉，裏面還有幾層油布，油布也是被蠟封住了的。這酒，比五糧液和茅台都好。」林易笑著說。

小李很快就揭開了罐子的密封，一股奇異的酒香頓時飄散在了空氣裏。「好香！」我禁不住地大叫了起來。

「來，小李，給我們倒上。今天我也要喝點。」林易也興致勃勃。

本來我想到他剛才說他患有那樣一些疾病，很想勸他不要喝酒的，但是我還是沒有說出來，因為我看見他很高興的樣子。

酒被倒在了碗裏面，黃橙橙的很好看，而且酒香撲鼻，光是它的氣味就已經讓人沉醉了。

「來，我們一起喝一下。」林易舉碗。

我們碰碗後喝了一口，「嗯，還不錯。」林易點頭道。我覺得這酒確實不錯，口感極好，喝下後勁道十足但是卻並不辛辣。特別是在喝下後的回味中讓人感覺到滿口生香。「真是好酒。」我不禁由衷地道。

「是啊，現在那些所謂的名酒不但價格昂貴不說，而且很多還是假酒。市面上那麼多五糧液、茅台，真正的有多少？這個酒可是純糧食做的，在地裏面埋藏了五年，早已經去掉了它原有的辛辣之氣了。這酒的成本也就幾塊錢一斤，品質、味道並不比茅台差，喝這樣的東西多好？現在的人啊，總是喜歡講排場、圖虛名。就這個酒，不論喝多少都不會感到頭疼的。馮醫生，你如果不信的話，可以試試。」林易笑道。

我頓時笑了起來，「算了，我還是不試了，喝多了難受。」

「你們慢慢喝，我隨意就是了。馮醫生，請繼續你的問題。」他隨即說道。

我發現桌上就我們兩個人在說話，上官琴和小李成了忠實的聽眾。

「好，那我問你第二個問題。剛才我問你和常廳長的關係，你說沒關係，但是又說有點關係。這是怎麼回事？」我老實不客氣地問了出來。

「我不認識常廳長，但是我認識端木專員。」他說。

我莫名其妙，「端木專員？他是誰啊？」

他詫異地看著我，「你竟然不認識端木專員？」

我更加的莫名其妙了，「我幹嘛要認識他？」

他看著我，「奇怪啊。我估計你還會問我為什麼不要蘇醫生的賠償了是吧？」

我點頭，依然不明白這個問題與前面那件事有著什麼樣的關係。

「馮醫生，實話對你講吧，我不讓蘇醫生對她的醫療事故負責，除了我後來冷靜了之外，還有一個更重要的原因。你現在也知道了，我並不是缺錢才要求你們賠償的，但是我覺得你們當醫生的應該對你們自己的錯誤負責任。你們那位蘇醫生很過分，在出了那樣的事情後，竟然不來向病人道歉，這是我覺得最不可原諒的地方。」他說。

「她有時候有些男人性格，大大咧咧的。」我急忙地道。

「不是那個問題，這與一個人的性格沒有關係。錯了就是錯了，自己犯下了錯誤後，就應該承擔起責任。比如我，如果我在選擇投資專案的時候出了差錯後造成了巨大的損失，誰來替我負責任？只能是我自己。我絕不會去責怪別人。如果我有合夥人的話，我第一件想到的事就是向人家道歉，因為是我的決策失誤造成了別人的損失。這是為人最起碼的準則，你說是不是？」他嚴肅地說道。

我再也不好替蘇華辯解了，點頭道：「你說的很有道理。」

「所以，按照我最初的想法，我是非得要她賠償的。」他說。

「那你後來為什麼改變了主意？」我問道，心裏很是詫異。

「一個人來給我打了個電話，我才改變了主意。」他說。

「誰？」我問道。

「端木專員。」他說，「我們省一個地區的副專員。他以前是一家國企的老總。他給我打電話說，想邀請我去他那裏投資。我告訴他說，我老婆生病正在住院。當他得知我正在你們醫院，而且我老婆住的是婦產科的時候，他就說到了你。」

我彷彿明白了，因為我忽然想起常育曾經對我說過的話來。難道那位端木副專員就是常育的前夫？如果真的是他的話，他知道我的情況應該很正常，因為常育畢竟在很長一段時間裏與我接觸很頻繁。而且還有一個人也可能會告訴他我的情況。余敏。

果然，林易繼續說道：「他是常廳長的前夫。」

我點頭，「我以前聽說過這個人，不過我沒見過他，所以印象不深。」

「端木專員以前的生活是混亂了一些，不過這個人很夠朋友。我從來沒見過他老婆，但是我很希望通過你的關心認識她。馮醫生，你可以幫我引薦一下嗎？」林易問我道。

「你找她有事情嗎？」我問道，心裏並不想答應他。我覺得這件事情讓人感覺怪怪的。

他卻在搖頭，「沒事。」

我疑惑地看著他。

「小李，上官，你們吃好了吧？我想單獨和馮醫生說說話。今天讓你們兩個人作陪，主要是想讓你們聽一下為人的很多道理。前面我都講過了，你們好好思考一下。」林易去吩咐他的兩位職員道。

「好的，林總。」上官和小李即刻站了起來然後離開。

「有些事情他們聽了不好。」林易待他們離開後才對我說道，同時朝我舉碗，「喝一口，吃點菜。」

我喝了一口，也夾了點菜吃了，「說吧林總，既然我來了，就想知道你真正的目的。我聽小李說，你今天可是把我當成了貴賓在接待的，我直到現在都很疑惑呢。」

「我沒有其他什麼意思，只是想和你交個朋友。」他微笑著說，「可能我的這種方式你不大能夠接受，但是我確實是誠心誠意的。這些年來我的公司發展很快，錢也越賺越多。雖然我個人和家庭並花不了多少錢，但是我發現隨著自己公司的發展，自己承擔的社會責任也越來越強。這些年來我捐資建設的希望小學、自助的貧困大學生很多，包括我現在想要辦的這個孤兒院。不過，政府對我們的要求也就越來越多了，很多部門，包括政府經常向我們企業攤派各種捐款任務，國家的稅收我們也一分錢也沒少交過。哎！企業發展了，資金的壓力卻越來越大了。我的集團公司裏面有上萬人要吃飯，解決那麼多人的就業問題也是我的社會責任之一啊。可是，沒有人能夠知道我承受的壓力。前面我說了，我想做好事，因為我信奉那位老先生對我說過的話。所以我唯有把自己的公司繼續發展下去，去賺更多的錢。這才是我必須要去做的事情。我的話你明白嗎？」

我搖頭，「不明白。你說的你公司的情況，你想賺更多的錢，你還想做好事、肩負起社會責任，這些我都明白，而且也很欽佩。可是，這些事情和我有什麼關係呢？剛才我已經問過你了，我問你是不是想請常廳長幫忙，但是你卻又否定了，這下我就不明白了啊。」

他大笑，「你知道我為什麼要讓他們兩個人迴避嗎？我就是想和你談談常廳長的事情啊。本來我以為你什麼都知道的，現在看來是我錯了。不過沒關係，今天我就和你好好談談，包括常廳長和端木專員的事情。不過我希望你聽到後，儘量不要外傳就行。其實很多事情大家都知道，但是一旦被人察覺是誰說出去的就不好了。你說是不是這個道理？」

我點頭，心裏卻完全是一筆糊塗賬。我發現和他們這樣的商人說事情真累。以前我和宋梅，還有斯為民談事情也是這樣，他們都喜歡轉彎抹角。一件非常簡單的事情非被他們搞出許多懸念出來，最後才告訴我事情的真相。有時候我就想：要是讓這些商人們去寫小說或者電視電影劇本的話，一定很吸引人。

「我先給你說說端木這個人。」他接下來對我說道。

在這樣優美的環境下，有美酒，還有不錯的下酒菜，更有為人低調的他，所以我把這樣的談話當成了一種閒聊。他沒有讓我感到有什麼壓力。

其實在最開始的時候我的神經一直都是緊繃著的。我相信一點：這個世界上沒有無緣無故的尊重。林易派出了那輛林肯轎車，這就意味著今天的事情並不平常。不過，他慢慢讓我放鬆了，我也在心裏想：事情是他在談，答不答應卻在我這裏。我就一個小醫生，能夠辦到的話就儘量幫忙，實在為難我就當場拒絕他就是。因為他畢竟放棄了讓蘇華賠償的要求，所以我覺得不可以隨便拒絕他，何況他還是如此的尊重我。人與人之間就是這樣，被人尊重總是一件值得驕傲的事情，同時還會讓人產生一種感恩的心態，對於像我這種小醫生的心態來講就更是如此了。地位越低下的人對尊重的需求就會更加強烈，現在的我深深地感受到了這一點。

或許林易很懂得人的心理和心態，不過我覺得這並不重要，重要的是他這樣做了。

而且，他的話題是那麼的吸引我。我也很想瞭解端木這個人，因為他是常育的前夫，還因為就在今天，我與常育突破了男女之間的界限。所以，我很想瞭解她，希望瞭解得越多越好。

我想，很多男人都會有我這樣的想法：一旦與某個女人發生了關係之後，就會情不自禁地去想一個問題：這件事情究竟值得還是不值得？如果在自己本身對對方不是很瞭解的情況下，這樣的想法就會更容易出現。很多人說男人自私，我想這也是男人自私的最具體的反應之一吧。可是，我明明知道這是一種自私的表現，但是卻難以克制不去那樣想。我不知道這是為什麼。

「嗯，我很想知道他究竟是一個什麼樣的人。我以前有個病人，長得很漂亮，後來我才知道她是端木的情人。我也是因為這件事情才認識常廳長的。那時候她還是朝陽區的局長。」我說。

「是啊，這個端木就這樣一個毛病，他太喜歡女人了，甚至到了無所顧忌的地步。他是國企老總，這樣不出事情才怪呢。」他歎息道。

「可是，為什麼組織上還要繼續用他呢？就算是他作風上的事情不算是什麼大問題，但是據我所知，大多作風有問題的官員往往存在經濟問題的啊？組織上難道不知道嗎？」我問道。這也是我一直感到疑惑的問題，只不過以前我不大關心這個事情，而且也不知道去問誰罷了。現在，我頓時把自己的這個疑惑問了出來。

「哈哈！」他大笑，「馮醫生啊，你真是太單純了。」

我有些不滿，「我是單純啊，單純怎麼啦？難道組織上就應該這樣做嗎？」

「對不起。」他即刻向我道歉，「其實我應該欽佩你們這些單純的人的。不過馮醫生，馮老弟，我這樣叫你不會反對吧？我倒是覺得正因為有你們這樣一批人的存在，才是這個社會可以正義永存的原因。不過，現實往往不是你想像的那樣。組織這個概念太大了，組織也是人在操作的啊，你能夠保證各級組織都是那麼的純潔？」

我頓時也覺得自己確實有些傻乎乎的了，於是點頭道：「那倒是。」

「我們的社會從本質上來講還是人的社會，在目前我們的體質和法律下，人治佔有很大的因素。是人就有人的感情，就有人的圈子，這樣一來很多事情就不好說了。比如你這個當醫生的，如果你上門診碰到了熟人來找你看病的話，你會讓她去排隊嗎？不會吧？你肯定會直接先給自己的熟人看病是不是？還有手術，如果是你的熟人的話，你肯定會先行安排她們手術的時間，而且也不會要別人的紅包，在用藥上也會儘量使用低價的藥品。這本來就不符合規定，但是你們偏偏就這樣做了。

這是什麼？這就是因為情感替代了制度。組織上的很多事情也是這樣，所以我覺得什麼事情都很好理解了。你說是不是？」

我點頭，不由得心悅誠服：他說得太對了，因為事實上、現實上就是如此。

「所以，端木的事情就可以理解了。不過有個情況你可能不知道，這個人雖然好色，但是他卻比較廉潔。這一點我很瞭解他。以前我們有過合作，他只喜歡女人，從來不收別人的好處。他經常以給人安排工作或者專案的方式去取悅女人。呵呵！這個人就好像僅僅是為了女人活著的。不過也正因為如此，他才能夠在受到處分的情況下重新被組織上使用。當然，他的工作能力也非同尋常。」他笑著說，同時在搖頭，「呵呵！這樣的人也算是人才了。」

他說到這裏，我忽然想起一件事情來，「林總，你們以前合作過？你的意思是說他從不接受你們的錢財，但是卻不會拒絕你們送給他的美色是吧？那麼，有個人你認識嗎？」

「誰啊？」他問。他的這句問話已經變相承認了我剛才的說法了。

「余敏。」我說，隨即去看著他。

「你認識余敏？」他詫異地看著我問道。

我點頭，「她就是我剛才說到的那個病人。她當時的情況非常危險，是子宮外孕。如果不是及時送到醫院，很可能會出現死亡的情況。子宮外孕大出血可是非常危險的。她是我管的病床上的病人，手術後不久，常廳長就跑到醫院來找她了，我也是因為這樣才認識了常廳長的。呵呵！她當時氣沖沖地跑來和余敏吵架呢。不過她聽從了我的勸告，所以也就沒有為難余敏了。」

「這樣啊，後來呢？」他問道。

「我夜班後第二天休息，結果她就出院了。我也不知道她轉到哪家醫院去了。林總，剛才聽你問我的話，好像你認識她是吧？她現在在什麼地方？」我問道。

他看著我，神情怪怪的。我這才發現自己失態了，同時也發現自己內心裏的一個秘密：原來我一直還是在關心著她的啊。

幸好的是他沒有問我什麼。我覺得林易這一點比較好，也許這正是他能夠成功的原因之一吧？

「她現在在一家醫藥公司上班，具體的情況我不大清楚。」他回答，「你不要誤會，這個女孩子可不是我介紹給他的。不過有一次我與端木在一起吃飯的時候他帶了她來。端木這個人就是這樣，他喜歡把他喜歡的女人帶出來讓別人看，可能他覺得這樣才有成就感。」

我覺得有些不可思議，「按照他那樣的級別，應該不會做出這樣的事情來吧？

要知道，這樣對他影響很不好的。」

「他以前是我們省外經貿委的副主任，副廳級幹部，後來調到國企工作。可是他很不喜歡搞企業，他認為搞企業斷送了他的政治前途，所以就有些破罐子破摔。再加上夫妻不和，所以他就更加不注意了。

「一個人級別再高，但是一旦灰心失望之後，往往會做出一些讓人費解的事情出來。端木就是這樣。其實我以前也提醒過他，不過他根本就不聽我的。他說搞企業的人就得這樣，還說他自己反正不貪。後來我想也是的，他是國企老總，吃喝玩樂都可以報賬，而且還不擔心投資的風險。虧損了是國家的，賺了當然也是。他的年薪七八十萬，根本就不需要去貪污受賄。

「喜歡女人雖然是作風問題，但是只要不被別人檢舉就不會出大的問題。現在的官員有幾個沒有情婦的？如果不是因為經濟問題牽扯出那些事情的話，有誰單純因為女人的事情被雙規的？你說是不是？」他回答說。

我點頭，隨即問道：「後來他為什麼可以安排到地方去當副專員呢？」

「這個問題問得好，這也正是我今天想給你說的。」他笑道。

「在一般情況下這幾乎是不可能的事情啊？」我問道。

「這只是一般情況下，但他不一樣，因為他有一個好老婆。」他說。

我很詫異，「他們不是已經離婚了嗎？這件事情怎麼會與常廳長有關係？」

「如果不是因為他們鬧離婚的話，還不會出那樣的事情。所以古人的話很有哲理啊。『塞翁失馬焉知非福』這個成語真的很有道理。」他笑道。

我不再問他，因為我知道他會繼續說下去。要是我去問他的話，反而會把我們的話題岔開。今天開始的時候，我和他的談話就是這樣。

果然，他開始繼續往下說了。

林易接下來說的第一句話就讓我感到震驚。

「端木的事其實是一種交換，因為常育也不想因為這件事影響了她的前途。」

我很是奇怪，「交換必須得有那個能量。常廳長不過是一個副廳級幹部，她如何可以決定端木的事情？」

林易輕輕拍了一下桌子，「這就是關鍵的地方啊，常育後面有人。」

我忽然想起宋梅曾經告訴過我的那件事情，心裏頓時明白了，而且，我也幾乎知道了林易今天找我來的目的了。

林易告訴我說，他只是想借我的關係認識常育，他還說，他根本就不想找常育辦什麼事情。而現在，他又提及到了常育後面有人的事情。很明顯，他的醉翁之意並不在常育，而是常育後面的那個人。

我也對這件事情很感興趣，也非常想知道傳說中常育後面的那個人究竟是誰。我想，任何男人都會對這樣的事情感興趣的——一個女人，當她與自己有著那樣的關係的時候，發現她還與某位領導也有著同樣的關係，這樣的事情如何不讓人感到好奇？男人是雄性動物，往往喜歡把女人當成自己領地的附屬物，雖然男人對有些女人並沒有那麼強烈的獨家佔有的欲望，但是對女人的其他男人還是很感興趣的，他們需要比較，需要以此更充分地瞭解這個女人的一切，由此決定是否退出。值得與不值得，這才是很多男人考慮的最根本的問題。

「他是誰？」我問道。

「在我們省裏面的領導中，只有一位是真正的高學歷。教授、博士生導師，又是副省長，這樣的領導在全國範圍內都不多見。不過，他很難接近。很多人都想與他近距離交往，但是卻總說會被他拒之門外。他與自己的部下，還有商界的人士只談工作，從不與他們有過於密切的交往。據說這個人十分的廉潔，因為他並不缺錢。他的家族很有錢，所以他根本就不需要去受賄。這樣的領導前途無量啊。」他回答，沒有說出那個人的名字，但其中的意思已經非常明朗了。

我當然也不會再繼續去問。我還沒有傻到那個程度。現在，我依然對常育與那位領導的關係持懷疑的態度，因為我覺得這也太不可思議了。而且，從常育以前的那些情況來看，她似乎應該是缺少男人關愛的人。

「馮醫生，有一點我想和你交流一下。」他繼續地說道，「我們這個社會說到底就是由各種利益集團構成的。人與人之間的利益緊密相連，有著共同目標、共同利益的人往往容易結合在一起，由此去獲得更大的利益。

「比如你這個當醫生的，你總是希望自己有一天能夠成為全國、乃至全世界知名的婦科專家是吧？可是，這僅僅靠你個人的醫術是不夠的。全國有多少個博導？又有多少無論從理論上還是實踐上都很出色的醫學專家？可是，能夠被別人完全認同，並且在國際國內有影響的究竟有多少呢？我認為，專家一樣需要包裝和宣傳，一樣需要在其他領域具有號召能力的人替你宣傳或者對你的成就進行肯定。這其實也就是一種利益集團。在一個利益集團裏面，大家資源分享，為了某個共同的目的去奮鬥，然後各取所需。馮醫生，你覺得我說的話有沒有道理？」

「我明白了。」我點頭道，「你是希望我把常育介紹給你認識，然後以此去結識她後面的那位領導。是不是這樣？」

說實話，我問他這句話的時候心裏很不舒服，因為我對這一切根本就沒有多少興趣。

可是，他卻在搖頭，「馮老弟，你把我看得太膚淺、太簡單了吧？」

我愕然地看著他，不知道他這句話所指的是什麼意思。「林總，我怎麼可能把你看得膚淺、簡單呢？你剛才講了你的事情，雖然你講得很簡單，但是我完全可以從中知曉你曾經的奮鬥過程啊，今天你對我講的那些話讓我深受啟發、受益非常呢。應該說，膚淺、簡單的應該是我自己。我成天待在醫院裏面，很少與外界接觸，所以很多事情我都不懂的。所以呢，林總，你有什麼話就直接說出來好了，轉彎抹角的我聽不大懂。」

他怔了一下，隨即大笑，「好！馮老弟這性格我喜歡。其實我的意思在剛才已經講得很明確了，我就是想和你交一個朋友。至於常廳長那裏，還有那位省裏面的領導，以後再說吧。交朋友也是需要緣分的，你說是不是？」

這時候我忽然想起他最初說的在這裏辦孤兒院的事來，他還問了我陳圓願不願意到這裏來工作，我頓時明白了——他派人調查過我。

他肯定調查過我，這毫無疑問。我的這個人本來就簡單，要調查我的情況並不難。不過，我不喜歡別人在我的背後去幹那些事情，甚至反感。

所以，我直接問他了，「你怎麼知道陳圓的？」

他淡淡地笑，「陳圓的事情在你們病房都成為美談了，誰不知道啊？後來我聽說她在維多利亞酒店彈琴，於是特地去那地方吃了幾頓飯，可是卻沒有見著人。後來從酒樓經理那裏得知她已經好幾天沒去上班了。我就想，要麼她有了新的工作，要麼就是暫時不想去上班了。我問了那個經理，結果她吞吞吐吐的沒有說出個所以然來，後來我還是從你們科室一位護士那裏得知了她的情況。」

莊晴？我第一個想到的就是她，因為只有她才最清楚陳圓的情況。可是，她為什麼要把陳圓的事情告訴別人？現在，我發現自己越來越不瞭解女人了。我是婦產科醫生，可以很容易地診斷出她們的身體患有何種疾病，但是對她們的心，我卻知之甚少。趙夢蕾，莊晴，陳圓，包括常育，我發現她們在我的印象中越來越模糊了。她們喜歡什麼，痛恨什麼，為什麼要和我在一起，如此等等的問題我一概不知。想到這裏，我不禁汗顏：馮笑，你在社會經驗上是傻子，在女人的問題上更是白癡。婦產科醫生必須懂得病人的生理和心理，說到底自己還是一個不合格的醫生。

我不想再問他這件事情了，因為我覺得毫無意義。他的孤兒院還沒有辦起來，而且陳圓願不願意到這樣的地方來工作，可不是我能夠決定的，那得看她本人的意見，不過我覺得有件事情是必須得要問清楚的。

「林總，你真的不讓蘇醫生賠償了？那件事情就到此為止了？難道你真的是因為我與常育比較熟悉的緣故？」我接下來問道。

「是的，我很想交你這個朋友。不過我可以預言，你們那位蘇醫生遲早還是會出事情的。即使這次我原諒了她，但是她今後依然會出現同樣的問題的。因為她根本就沒有從她的內心認識到自己的問題。如果換作別人的話，我想他們應該做的第一件事情就是去向病人道歉，然後一起坐下來探討解決問題的辦法。可是她並不是那樣。最近幾天我一直在想，自己原諒了她究竟應該不應該，因為我有一種感覺，自己原諒了她可能會導致下一個病人受到傷害，這無論對醫生本人還是對病人都不是一件好事情。」他歎息著說。

「不會的，她的技術很不錯，她還是我的學姐呢，比我強多了。」我說。

他搖頭，「我始終相信一點，態度決定未來。一個人對待他人、對待自己的工作是一種什麼樣的態度，這完全可以從中看出一個人未來的發展趨勢和方向。」

我不語。我發現這個人有些迷信，甚至迷信得過於執著與倔強。

接下來我又問了一個問題，因為我始終對這個問題不放心。「林總，你說你並不想認識常廳長，還有那位省領導是不是？」

「我什麼時候這樣說過？」他卻如此反問我道。

我頓時一怔，「你，你前面不是說過嗎？」

「我前面都說了什麼了?」他朝我微笑。

「你說了想和我交一個朋友，還有什麼利益集團什麼的，還有，你說那個人不大容易接近……」我說到這裏，猛然地明白了，「林總，你累不累啊?何必呢?繞來繞去大半天原來是這樣。」

「馮老弟，你明白就好。有些事情只可意會不可言傳，說得太明白就沒有什麼意思的。」他朝我微笑著說，朝我舉起酒碗，「來，我們喝酒，今天我真高興。」

我覺得自己高興不起來，因為我發現今天的事情我都不感興趣。現在，我腦子裏想的還是趙夢蕾的事。幾次想張口問林易有沒有公檢法系統的關係，但是我覺得第一次見面就給人家提出要求不大好。還有就是他說到的關於蘇華的事。雖然我覺得他的話有些道理，但是總覺得這個人過於小氣——既然你已經原諒了人家，幹嘛還在背後這樣詛咒她呢?

閒聊了一會兒後，我就提出告辭。我的理由很充分，「明天我還得上班呢。」

「我讓小李送你。對了，還有一件事情，你覺得這地方建孤兒院是不是合適?」他隨即問我道。

「當然合適了。這裏像世外桃源一樣。」我說，「不過這麼漂亮的地方，你捨得嗎?」

「就是因為這地方太漂亮了，所以我覺得把它閒在這裏太可惜了。對了，你去問問小陳，問她願不願意到這裏來工作。哦，待遇嘛，我會考慮的。」他說。

我心裏暗自納罕：考慮是一種什麼概念？

第五章

深諳其中道理

我說得既直接又隱晦，直接的是我指出了她的問題，
隱晦的是我告訴她的其實是她作為女人的不足。
林易想繼續與那位省級領導交往，就必須要注意這問題。
男人喜歡女人的臉蛋與身材，但是更在乎操作時的快感。
我不但是男人，而且還是醫生，我深諳其中的道理。

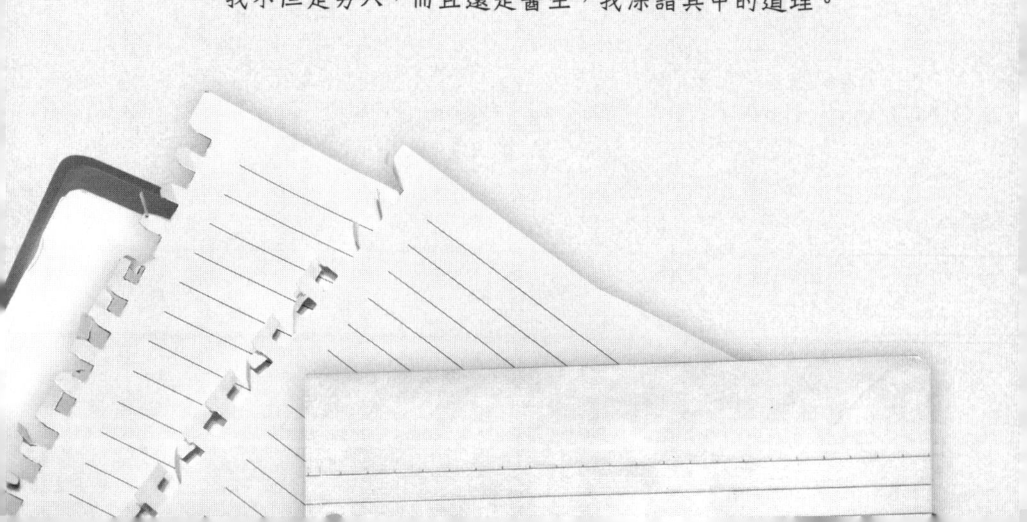

在回去的車上，我一直在想今天林易要求的那種只可意會不可言傳的事情。

他今天說了大半天，結果我最後才明白了他今天請我來的真實意圖：他想與我交朋友。但是，他的目的卻不僅僅是想和我交朋友，他看到的是我身後的常育。其實也不是常育，而是常育身後的那位領導。這裏面不是單純的通過我介紹認識，而是他所說的所謂的利益圈。也就是說，他希望我融入到常育的那個圈子裏去，然後他再通過我融入進來。

我不知道他具體的方案究竟是什麼，但是就他的這個整體想法來看，林易這個人可就要比宋梅高明得多了。宋梅總是那麼著急、急躁而且現實。而林易今天下的明顯是一步針對未來發展的棋。「這樣的領導前途無量啊」，這是他對那位領導的評價。

很明顯，他注重的是未來，是今後。現在，正如他所說的那樣：他僅僅是想和我交朋友。

宋梅是可以推理過去的人，而林易卻在預測未來。二者孰高孰低一眼就可以看出來了。而且最關鍵的是，林易的個人修養與素質可就要比宋梅高多了。

小李的車在社區外邊停下。我沒有准他進去。我覺得這車太過顯擺。

下車後我忽然感覺到一種蕭索，我獨自在社區的花園裏面磨蹭著，心裏不大願意回家。說實話，現在我最害怕的就是面對自己那個家的冷清了。以前，不管我回家多晚，趙夢蕾都會在家等我，還有熱騰騰的飯菜。而現在卻留下了我獨自一個人去面對家的那片空曠。

天氣已經進入初冬，夜風吹拂過後不禁讓人有了一陣陣的寒意。我發現在下面也不是辦法，只好慢慢地回家而去。

打開門，將手伸到門後去摁下電燈的開關……我猛然覺得家裏好像不大對勁。一怔之後，才忽然明白了不對勁的地方：怎麼變得這麼乾淨了？

昨天莊晴因為生氣而離開了，在她離開的時候她還沒有做完我家裏的清潔，今天早上我離開家的時候清楚地看見餐桌處還有汙物的殘痕。但是現在已經變得很乾淨了，到處都很乾淨。在雙眼掃過整個客廳的時候，我才明白自己感到的異常並不僅僅是因為這裏乾淨了，而是整齊了，整潔讓我感到了異常。

這是誰幹的？我心裏暗自詫異。

最有可能是莊晴，因為她昨天下午一直在我家裏，很可能她已經把我家裏的鑰匙放在了她的身上，除此之外不可能會是其他的人。

我心裏極其蕭索、煩悶，懶得去想這樣的事。第一次沒洗澡就躺倒在了床上。迷迷糊糊中竟然睡著了，和著衣服。我發現今天喝的那種酒真的很不錯，讓人全身軟綿綿的很舒服。當我躺倒在床上後，身體的肌肉就頓時癱軟了，大腦也隨之迷糊起來，從躺下到失去知覺不到一分鐘的時間。

是手機的響聲將我從睡夢中驚醒過來，我打開燈，然後去尋找手機響聲的地方。看到了，它就在另一側的床頭櫃上。

接聽，可是裏面傳來的卻已經變成了忙音。急忙去看剛才進來的那個號碼，是常育。

正準備撥打回去，忽然感覺到身體上涼颼颼的感覺，霍然驚住了——我記得自己入睡前沒有脫衣服的啊？可是現在，我卻發現自己身上除了一條內褲之外，再也沒有其他的遮掩之物了。

難道我出現了夢遊？

我當然不會相信，急忙朝客廳跑去。我看見了，確實是她，莊晴，她正蜷縮在沙發上，好像已經睡著了。

我朝她走了過去，本來想把她叫醒然後讓她即刻離開，但是走近後我卻發現她的唇好蒼白，急忙用手去試她前額的體溫……還好，她沒有發燒。

不過心中的柔情已經升起。馮笑，不管怎麼說她曾經是你的女人，她曾經給過你那麼多的歡愛，你不該責怪她，也沒有資格責怪她。你和她相比都差不多，沒有誰更高尚。

去到臥室裏面取出一床被子，然後回到客廳輕輕給她蓋上。她醒了，她在朝著我笑，「你醒了？」

我無法讓自己即刻變得溫柔起來，「你怎麼進來的？」我冷冷地問。

「昨天我離開後，才發現鑰匙在自己身上，本來今天想把鑰匙還給你的，但是看見你冷冰冰的樣子……哎！馮笑，何苦呢？我莊晴在你眼裏真的就那麼下賤嗎？」她說，聲音帶著一種哀怨。

我沒有理會她的這個問題，因為我覺得鑰匙的事情很奇怪，「你昨天是請社區的物管開門後才進來吧？你哪來的鑰匙？」

「既然你還是這麼討厭我的話，那我就走吧。是我自己不要臉，我自己下賤，非得用自己的熱臉來貼你的冷屁股。這是鑰匙。」她猛然地站了起來，對我說道。說到最後的時候，眼淚已經在開始掉落。

看著她楚楚可憐的樣子，我心裏頓時軟了下來，「莊晴，你這是何苦呢？」我柔聲地對著她說了一聲，她已經將鑰匙放在了茶几上面，正從我身旁經過，聽到我的歎息聲，隨即猛然地將我抱住，「馮笑，我也不知道，我不知道自己為什麼會這樣喜歡你。嗚嗚！我不知道，我真的不知道……」

她環抱著我的後腰，整個身體枕在我的背部，她在哭泣，淚水沾滿了我背部赤裸的肌膚，我猛然地感到了寒冷，「莊晴，你這是何苦呢？」我喃喃地說，忍受著寒冷對我的侵襲。

寒冷使我保持著清醒，「莊晴，你回去吧。我妻子才出了這樣的事情，我實在沒有心情做其他的事情了。謝謝你幫我做了清潔，你回去吧，我好冷。」

「啊……」她驚訝地低呼了一聲，「對不起，我在樓下發現你家的燈打開了，這才上來的。昨天我進來後找到了你們家的鑰匙，就放在玄關櫃上。估計是你老婆留下來的。我知道你心情不好，所以想隨時來陪你。我知道你在生我的氣，但是我覺得自己必須對你解釋清楚。馮笑，你知道嗎？我在你面前根本就沒有了自己的脾氣，而且我發現自己根本就無法去生你的氣。也許，是我上輩子欠了你的吧。哎，你真是我的冤家。」

我忽然有了些感動，「莊晴，有些事情我們過段時間再說吧。我現在的心情確實不好，啊啾！」說到這裏，我竟然止不住地打了個噴嚏。

「快，你快去躺下。」她輕輕地推了我一下。

即刻將自己的身體包裹在了被子裏面，溫暖在緩緩來到。不過牙還有些哆嗦。

「對不起，我看見你和衣睡著了，所以才幫你把衣服給脫了。你睡得像一隻死豬一樣，還有很大一股酒味，我給你脫完衣服你都不知道。」她坐到了我身側，用手將被子在我身側輕輕壓緊，嘴裏在輕笑著說道。

我忽然想起了一件事來，「莊晴，是你告訴那位病人家屬陳圓的事嗎？」

「那個人說他可以給陳圓安排一個新工作，而且他還告訴我說他去那家酒店找了她幾次了。陳圓的事我也有責任，我擔心一直這樣下去會對她不好。」她說。

「你幹嘛不來問問我再說？」我生氣地道。

「你整天陰沉著臉，我哪敢來問你啊？而且馮笑，你最過分的是竟然懷疑我會傷害陳圓。」她說，開始激動起來。

「我……」我頓時啞口無言。

「馮笑，你說我會是那樣的人嗎？我明明知道她是你的心頭肉，我可能傷害她嗎？而且，我發現你這個人在處理問題時經常會出現一時的衝動。你想過沒有，陳圓那麼喜歡彈琴，你卻非得讓人家辭去那個工作，你現在給她安排了什麼樣的工作了？你讓她住到什麼地方去了？你也不想一想，還有什麼地方比我那裏更好、更安全的嗎？」她開始責怪起我來。

我不得不承認她把握的時間很好，要是在開始的時候她這樣對我說話的話，早就被我給攆出去了。

現在，我內心不但不生氣，反而覺得有些愧疚起來。

「你幾天沒和她聯繫了？」她繼續地問我道。

「沒，沒幾天。」我說，聲音很小。因為我很愧疚。

「你現在給她打個電話吧，看她現在的情況怎麼樣了。」她說，「馮笑，我多麼希望我們三個人永遠在一起啊。」

我搖頭，「莊晴，這已經不可能了。趙夢蕾出了這樣的事情，我怎麼可以繼續做對不起她的事情呢？」

讓我想不到的是，她竟然猛然地大笑了起來。

「馮笑，你想過沒有？她謀殺了自己的丈夫後才來與你結婚，這本身就是她對你的一種欺騙。也就是說，她對你的欺騙在前。但是我們呢？我和你的第一次應該是在你的婚姻前面吧？別的我不說了，我只是想說你和她應該是一種兩不虧欠的狀態。而且，她不能替你生孩子，還即將在監獄裏度過很多年。馮笑，你想過沒有？難道你準備就這樣一直等她下去？」

「莊晴，你別這樣說。」我心裏很不滿，聲音裏帶有一種呵斥。

「馮笑，我說的是實話。你想過沒有？如果她在監獄裏十年的話，你就準備等她十年？如果是二十年的話你也等二十年？一個人有幾個十年，幾個二十年啊？她值得你這樣嗎？我走了，免得你又生氣，不過我覺得自己應該把該說的話對你講出來。」她說，隨即站起來就朝外面跑去。

我沒有叫住她，因為我已經呆住了。

外邊傳來了防盜門被關閉的聲音，我的心裏竟然出現了一種失落的感覺。屋子裏忽然變得好靜，靜得讓我感到耳朵裏面產生了嗚響的幻覺。

我不敢去細想莊晴剛才對我說的那番話，因為我心裏在暗暗感到不安：我發現她的話似乎有些道理。

忽然想起前面沒有接到的常育的那個電話，我想了想，還是沒有給她回覆過去。因為我感覺她的這個電話代表的應該和我現在的情況一樣，是孤獨和寂寞。

不過我覺得莊晴有一句話很對：我應該馬上給陳圓打一個電話過去。

電話通了，才響了兩聲就被她接聽了，「馮大哥……」我完全可以聽出她聲音的激動來。

「你現在怎麼樣？」我的聲音情不自禁地變得柔和起來。

「我還沒有找到住處。」她說。

我很是吃驚，「你還住在那家酒店？身上的錢夠不夠？」

「我沒有住在那裏了，我找了家小旅館。」她說。

我大驚，「小旅館怎麼行？那樣的地方很不安全的。不行，你快告訴我你現在的地方，我馬上來接你。」

我一邊說著電話一邊快速地穿衣服，心裏充滿了惶恐與不安。直到這一刻我才明白，原來我的內心真正在乎的其實還是她。

她告訴了我地方，我快速地穿好衣服，飛也似地下樓。

到了她說的地方後，我才發現陳圓並不是我想像的那麼不獨立，因為她住的地方並不是我以為的那種髒亂不堪、進出複雜的小旅社。這是一家單位的招待所。

「早知道我就不過來了。我真擔心你出事情。」我看著這個乾淨的房間笑道。

「哥，你是擔心我，不放心我一個人在外面。我知道的。」她說，隨即過來抱住了我。

我忍不住地去親吻她的秀髮，她的身體卻驟然地在我的懷裏癱軟。「哥……」

我內心的柔情頓時升騰起來，抱起她，將她輕輕放倒在床上，「陳圓，想我了嗎？」

「哥，你親親我。我這幾天每天做夢都夢見你在親吻我，每次醒來的時候好失望，好多次想給你打電話，但是又害怕你生氣。」她低聲在說，眼睛已經閉上，睫毛在微微顫動。

我的柔情、憐愛完全地佈滿了我的靈魂，我輕柔地抱住她，俯身去到她微微顫動著的睫毛上輕輕一吻，「小丫頭，別說了，是我不好。」

她的眼猛然地睜開，「哥，你家裏究竟出了什麼事？我剛才一直在高興，忘記問你了。」

「沒事。」我說，不忍將那件事情告訴她。現在我才有了一種感覺，我感覺到趙夢蕾似乎太殘忍了一些。不過，這個念頭只是在腦海裏浮現了一瞬，隨即就消失了。我內心裏又有了一種愧意：馮笑，你怎麼會這樣去看待趙夢蕾呢？她可是迫不得已。

「哥，你不相信我是不是？不然的話，你為什麼不告訴我你家裏究竟出了什麼事情？」她卻即刻坐了起來，緊緊地抱著我的腰說道。

我依然不想告訴她，只好岔開這個話題，「陳圓，我不讓你再去那裏上班，你後悔嗎？」

「只要是你說的，我都聽。」她低聲地說道。

「你別說我的事情，我只是問你的想法。」我柔聲地對她說道。

「哥，我不想像這樣一天無所事事，這樣我很難受的。」她低聲地說，聲音細若蚊蠅。

現在，我已經意識到了自己在這件事情上的衝動了，正如莊晴所說的那樣。

「陳圓，我一個朋友準備辦一個孤兒院，你願意去那裏工作嗎？」我隨即把這件事情向她提了出來。

「在什麼地方？」她問。

「就在我們這座城市的郊區，那裏的環境漂亮極了，而且是一棟別墅。」我說。

「那……那我今後想見你怎麼辦？」她說。

「我可以來看你，而且你也不會是天天要上班的啊。」我說。

「我是在孤兒院長大的，我很喜歡那樣的地方。」她說。

不知怎麼，她的這句話讓我有了一種心痛的感覺。這種心痛的感覺是忽然而至。

「那這件事情就決定了啊，我明天就去給別人回話。」我說。

「明天就去上班嗎？」她問。

我頓時笑了起來，「人家還只是有那個打算，具體什麼時候把孤兒院辦起來還難說呢。」

她頓時不語。我這才意識到了她現在最真實的需求：她太想馬上去上班了，她不想住在這樣的地方無所事事。

「陳圓，明天你還是搬回去住吧，搬回到莊晴那裏。」我歎息了一聲後說。

她瞪大著眼睛看著我，滿眼的疑惑。

我苦笑，「是我誤會人家了。」

「我聽你的。」她低聲地說了一句，「哥，今晚你就不要回去了吧，好嗎？」

我搖頭，「我是擔心你才跑到這裏來的，這是招待所，像我們這樣同居一室很容易被人家抓住的。要是被人家給抓住了，可就太令人難堪了，你說是不是？」

「那你現在就送我到莊晴姐姐那裏去好不好？我一個人在這裏真有些害怕。」她又道。

「明天你自己與她聯繫吧，我最近的事情很多。對了，你身上還有沒有錢？」我問她道。

「還有，你上次給了我一些，以前我在那家酒店上班也是每天結算。所以身上還有錢的，我的花費又不高。」她說。

「每天結算？」我詫異地看著她，「也就是說，你一個月只能領到半個月的錢？」

「是啊，怎麼啦？我是間天一次上班啊。」她看著我，一副理所當然的樣子。

我不禁在心裏歎息：那個胡雪靜真會打馬虎眼，這些商人算賬太精了。

我還是給她留下了一些錢然後才離開了。在回家的路上不知道是為什麼，我竟然鬼使神差地給常育打了一個電話。

「幹嘛不接我電話？」我還沒有來得及說話，就聽到電話的那頭在問。

「喝了點酒，睡著了。」我實話實說。

「我還以為你夜班手術呢，你現在在什麼地方？」她問道，我這才感覺到她的聲音有些含混不清。

「在家。」我說。幸好周圍沒有出現汽車喇叭聲。

「我今天晚上有個接待，喝多了。給你打電話想問你在幹什麼，你沒接我電話。本來想和你一起去喝咖啡的，現在我已經睡了，你來陪我好不好？」她說。

「我……」我猶豫了。

「我一個人好孤獨，你現在不也是一個人嗎？來吧，好嗎？」她說。

「好吧，我馬上到。」我心裏忽然地意動了，因為她說出的「孤獨」二字打動了我。

我身上有她家的鑰匙，所以我直接打開她家的門。

客廳沒有燈光，一片黑暗，她臥室傳出的燈光讓我可以大致看清楚道路，我直接朝燈光處走去。

走到臥室的門口處，我頓時呆住了。因為我看見床上的她竟然一絲未縷，她在朝著我笑：「我早已經在等你了。」

我呆呆地站在她臥室的門口處，有些不知所措。雖然我們已經變得非常熟悉了，但是第一次看見她這樣，我還是有些無措。

不過，很奇怪的是，我並沒有從她的臉上看到淫蕩之色。她看到我站在門口處沒動，於是下床來拉住我，「你看，我把空調都開了好一會兒了，很暖和是吧？馮笑，今天中午你讓姐好舒服啊。今天省裏面的領導來檢查工作，我彙報得比平時要好多了，這都是你的功勞啊。馮笑，來，再給姐好好按摩，姐好喜歡那種感覺。」

「有精油嗎？」我問道。精油是從植物的花、葉、莖、根或果實中提煉萃取的具有揮發性的芳香物質。大多數女性都會備有這樣的東西，因為它具有美容、瘦身等作用。同時，也是按摩過程中必備的東西。

我估計她家裏應該有這東西。因為這東西雖然價格較貴，但是對她來講卻根本不算是一回事情。

果然，她說：「我有，玫瑰精油。其實我最喜歡用的還是橄欖油。炒菜、化妝都可以。」她說完後便笑。

「那就橄欖油吧。」我說。

「梳粧檯那裏有幾個小瓶，好幾種精油。」她指了指我身後梳粧檯的地方。

我是專業的婦產科醫生，雖然對按摩這門技術沒有系統學習過，但是對其原理還是有一些基本的瞭解的。最開始的時候我準備給她做一次全身按摩，但是我發現自己已經很疲倦了，於是我只做她的陰部。

這才有了精油，所以我按摩起來覺得潤滑了許多，而且一直有一種芳香之氣彌漫在四周的空氣裏面。

首先將手掌放在她的小山丘之上。也就是她陰毛的生長處，手指輕輕置於她的陰唇上，拇指分別置於她的大腿內側。動作輕緩地將手按在她的小山丘上，然後開始作圈狀運動。我的手沒有怎麼去接觸到她的皮膚，而是在她的陰毛上運動，一直重複著這個動作。隨後用手指輕拍她的陰唇。這個步驟很重要，是讓她進入到快樂的起始階段。

對女性的按摩最關鍵的是要找到她們的G點。G點不是一個點，而是一個區域。它與女性的陰蒂一樣，都屬於容易產生性高潮的敏感區域之一。女子有兩種射出陰精的方式：即通過G點的刺激和通過陰蒂的刺激。所以在按摩的時候對她們這兩個點的揉搓、撫慰就顯得極其重要了。

在我的手法下，她很快地就癱軟了，隨後開始大聲嚎叫起來，她的高潮表現讓我情不自禁地加快了手上的動作與力度，最後，她噴射了，像男人一般地噴射了。

我卻沒有任何的感覺。一直到她噴射，我的身體都沒有絲毫的反應。

難道在我的內心依然是把她當成了病人？

看著癱軟如泥的她，我心裏忽然感覺有些不大舒服：馮笑，你學的東西竟然用在了這個上面？你太墮落了吧？

去洗了手，然後擰了一條溫熱的毛巾去給她揩拭身體。

當我正準備離開，卻忽然感到她在拉我衣服的後擺。急忙轉身，發現她已經坐起，兩隻豐滿的乳在我面前晃動。她在朝著我笑，「別走，陪姐說說話。」

「你休息吧，我也很累了。」我說。

「來，挨著姐睡，我想和你說件事情。」她並沒有放手。

我不好再說什麼，「嗯。」

「快脫了衣服，姐的被窩裏好暖和。」她說。隨即「嘻嘻」地笑。

我脫掉外衣，上床。她的被窩真的好溫暖。

她即刻來擁抱住了我，一隻手探尋到了我的胯間，「馮笑，姐倒是舒服了，你怎麼辦？」

「沒事，我今天很累了。」我說。

「姐幫你弄出來好不好？」她說。

我感覺自己開始有了反應，「姐，別。我們說會話吧，就這樣很好。」

她的手這才離開了我。我將自己的手放在了她的胸前，我發現自己很喜歡她這種柔軟的感覺，我的手輕柔地在捏弄著她的胸，嘴裏問道：「姐，你前夫是不是叫端木？」

「是，怎麼？你聽誰說的？」她問我道。

「聽一個朋友講的，端木這個姓很少是吧？」我又問。

「是，很少。他叫端木雄。對了，你還聽說了什麼？」她問，手伸進了我的內衣，輕柔地在我的腹部摩挲，然後緩緩去到了我胯間的上方，毛髮之處，她輕輕在撫摸我的那個地方。

「沒聽說什麼，你可以告訴我你們以前的事情嗎？」我問道。

「我不是告訴過你了嗎？我們當年是多麼的恩愛啊，可是誰知道發展到後來竟然成為了仇人。」她歎息。

「有人說他後來安排到地區去任副專員，是因為你的緣故。是這樣的嗎？」我忽然地問了一句。

她的身體動了動，放在我胯間的那隻手也停止了動作，「馮笑，你是醫生，不要去管那些官場上面的事。很多事你不懂。有些事你聽到了就馬上扔掉，別去和別人一樣人云亦云。」

「我才懶得去管呢，是因為涉及到你，我才順便問問你的啊。」我說。

「我知道呢。」她柔聲地道，「所以姐很喜歡你的。馮笑，我還是那句話，你是醫生，別去參與我們官場上的那些事。官場上的事情沒有幾樣是乾淨的。姐很幸運，能夠認識你，而且你還讓姐有了當女人的幸福感受。姐很感謝你。」

「姐……」我忽然想到了一個事情，「姐，我想對你提一個建議，你聽了後千萬不要生氣啊。」

「你是我弟弟，我怎麼會生你的氣呢？」她笑著說，隨即親吻了我一下。

「姐，你應該做一個陰道緊縮手術。」我終於說出了口來。

「你這話是什麼意思？」她的聲音加大了許多，明顯已經在開始生氣了。

「姐，你想過沒有？為什麼端木會慢慢對你失去興趣？我覺得除了他開始出現審美疲勞或者喜新厭舊之外，那就是你陷入到了一個惡性循環裏去了。端木不來愛撫你，於是你就自己愛撫自己，這樣一來，你下面就更鬆弛，一般的方式就很難讓你達到高潮。姐，實話對你講吧，昨天中午，我在你身上根本就沒有多少感覺。所以，我覺得無論是從你個人的情況上來講，還是考慮到你今後的婚姻，你都應該去做那個手術。」

我說得既直接又隱晦，直接的是我指出了她的問題，隱晦的是我告訴她的其實是她作為女人的不足。如果林易告訴我的是真的話，她要想繼續與那位省級領導交往，就必須要注意這個問題。男人雖然喜歡女人的臉蛋與身材，但是更在乎實際操作時候的那種快感。我不但是男人，而且還是醫生，我深諳其中的道理。

她很長一會兒沒有說話，不過她的手一直在我的胯間摩挲，我已經開始有了反應，自己的那個部位已經豎立起來。我不敢動彈。

終於，她說話了，「馮笑，你說，那個手術需要花多長的時間才可以做好？」

我頓時輕鬆了起來，「很小的一個手術。不需要住院。而且效果很好，很多人在手術後感覺緊縮如處女，並且很快就重新獲得了滿意的性快感。」

「你什麼時候值夜班？」她問。

「我不好給你做吧？」我說。

「為什麼？我只相信你。」她說。

我搖頭，「這裏面有一個心理上的問題。我給你做了，今後我自己還要使用。這，這會讓我今後對你產生疲倦的。姐，我的意思你明白嗎？」

「你好討厭，什麼叫你自己使用啊？」她輕輕拍打了我那個部位一下，「你這不是有反應了嗎？」

「姐，你是女人，應該學習一些男人的心理。男人喜歡漂亮的女人這不假，但是他們更喜歡神秘的女性。大多數男人對女人的要求是數量而不是品質。你知道這是為什麼嗎？」我說。

「為什麼？」她低聲地問。

「因為這是男人的動物屬性。男人與動物界的雄性一樣，總是希望自己的交配權越寬廣越好。女人對男人來說，越是不容易得到的才是最珍貴的，還有就是，只有讓男人感到流連忘返、每次都可以得到銷魂感受的女人，才值得男人倍加珍惜。只有這樣的女人才可以改變男人的動物屬性，讓他們從數量上追求轉移到品質上來，說簡單點就是兩個字——『專寵』。姐，你明白我的意思嗎？」

「你說得真好。」她低聲地說，「姐累了，想睡覺了。馮笑，明天有個人想見你，你到時候一定要去。」

「誰啊？什麼時候？」我問道。

「明天我給你打電話吧。既然姐下面太鬆了，今天你就忍著吧，姐真的要睡了。」她說，翻身就睡了過去。

我苦笑不得，因為我下面被她弄得硬硬的很難受了。

幸好疲倦可以忘記一切。

第六章

高級按摩會館

她說：「我們想把那地方搞成一個高檔的女性休閒會所，今後按照會員制管理，只吸收高端客戶。」

「我是醫生，不可能讓我在那地方給人看病吧？」我問道。

「聽常姐說，你的按摩手法很不錯，是不是這樣？」

我頓時驚呆了，「她什麼時候告訴你這個的？」

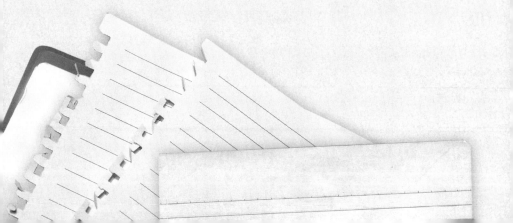

第二天，天才剛亮我就被她叫醒了，「馮笑，你先離開吧。別人看見你從我這裏出去不大好。」

我頓時驚醒，急忙起床穿衣。

「你會開車嗎？」我在穿衣服的時候她問我道。

「不會，怎麼啦？」我說。

「你儘快去學會吧，我準備換一個地方住，今後你去我新的住處自己開車來。宋梅不是給了你錢了嗎？你去買一輛吧，今後方便。」她說。

我沒有直接回答她，「姐，我們這樣下去總不是辦法吧？你是官員，這樣的事情一旦被別人發現了的話，對你的仕途很不利的。」

「我知道。」她歎息，「可是我發現自己已經離不開你了。」

「姐，你想想，你能夠到現在這樣的位置是多麼不容易啊。這是你多年奮鬥的成果啊。不值得的。我知道，你喜歡的並不完全是我這個人，而是我給你帶來的那種一時性的快感。這樣吧，你儘快到醫院來作手術。我好像是明天晚上的夜班，我請我學姐來幫忙給你做這個手術。你做了手術後，就可以找一個自己喜歡的男人結婚，這樣多好啊。」我說。

「不，我不會再結婚了。我的第一次婚姻讓我對婚姻失去信心，不過手術的事情我倒是可以考慮。明天晚上是吧？我需要注意些什麼呢？」她問我道。

「不要吃東西，雖然只需要局部麻醉，但是最好還是不要吃東西。」我說。

「好吧。」她說，「今天會有人給你打電話。是一個女的，姓洪，叫洪雅。她是我很好的朋友。她前幾天來找過我，我覺得你和她可以合作，你們好好談。」

「什麼事情啊？姐，我是醫生，不是做生意的啊？」我說。

「你當醫生一個月才多少錢啊？我覺得你還是應該在外面做點事情，合理合法地掙錢。你想過沒有，你老婆這次的事情，你覺得自己最差的是什麼？說到底就是你缺錢，不然的話，宋梅憑什麼來要脅你？」她歎息著說。

我詫異地看著她，「姐，你知道這件事情？」

「我怎麼會不知道？其實我也是被這個專案搞得騎虎難下了，不過我倒是不擔心宋梅，他還不至於讓我害怕什麼。這件事情你不要問了，今後你就知道了。不過我一直在考慮你的問題，我覺得還是應該給你安排做一些適合你個性和特長的事情，順便也賺些錢。這樣多好？好了，你快離開吧，具體事情你去與洪雅慢慢談。她會告訴你一切的。」她說，到最後開始催促起我來了。

我能夠理解她的擔心和顧忌，不過我心裏依然覺得不大舒服——自己畢竟是被她趕出來的。同時，我也感覺到了她與趙夢蕾的區別來。以前，在我自己的家裏，每天早上起床後都會有熱騰騰的飯菜在桌上，而現在，我只有蕭索情緒。

搭車去到醫院大門處吃了早餐，然後去到病房。

「馮醫生今天怎麼這麼早？」值班護士詫異地問我道。她當然會詫異，因為現在距離上班的時間還有一個多小時。

「睡不著，早點來看看病人。」我撒謊說。

「你妻子的事情怎麼樣了？」護士問。現在，科室裏的人都知道了我家裏的事情了，只不過平常大家顧及到我的臉面，所以很少來問我。現在，這個護士明顯是因為關心才這樣來問我的。

我搖頭，「現在還不知道呢。」

她歎息了一聲後離開，我的腦海裏頓時被她的歎息聲充滿了，心裏頓時湧起一種酸楚。

我沒有去看病人。現在太早了，病人都還在睡覺。我獨自一個人坐在醫生值班室裏，我在想今天早上離開的時候，常育對我說的那些話來。

從她的話裏我感覺到了一點：宋梅的那個專案應該有把握了。不然的話，她幹嘛要我用宋梅的錢去買車？

還有就是她說到的那個叫洪雅的女人，我心裏充滿著好奇。她會有什麼事情來找我？究竟是一個什麼樣的專案呢？按照常育的說法，那個專案應該與我的專業有關係。不會是讓我去開一家私立醫院吧？我心裏想道。

我是絕不會去什麼私立醫院的。或許那樣的醫院在短期內受益不錯，但是它畢竟是私立醫院，什麼科研、與國內外同行的交流幾乎沒有，這與我內心對自己的要求相差甚遠。說實話，林易的話能夠打動我，也是因為他的那個利益集團的理論。對我這樣的人，何嘗不想成為被學術界廣泛認可的專家？

還有一件事情我感到有些疑惑：陳圓不到維多利亞酒店去之後，胡雪靜居然一次電話都沒有給我打過。對此，我只能這樣理解那件事情：我被她利用完了，或者是我對他們不再重要。可是，既然這樣的話，那就說明斯為民對那個專案十拿九穩了啊？

我發現自己根本就無法想明白那裏面的問題。所以，最好的辦法就是什麼也不再去想。

下午的時候，還真的接到了一個女人的電話。她的聲音很好聽，柔柔的，標準的普通話，「您好，請問您是馮大夫嗎？」

「是的。」我情不自禁地也使用上了普通話，不過說出來後才發現自己的普通話太過難聽。

「我是常育姐的朋友，是她把您介紹給我的。晚上您有空嗎？我們找一個地方坐坐？」她問我道。

「既然你是常廳長的朋友，那我就請你吃頓飯吧。這樣，我下午六點鐘下班，六點半我們見面吧。」我說，隨即說了一處酒樓的名字。

那處酒樓在江邊，中檔。我覺得在那地方請常育的朋友吃飯還比較合適。其實在我的心中，什麼專案的倒是無所謂，不過既然常育已經吩咐了我，我就應該把她的事情儘量辦好。

初冬的夜來得很早，我下班的時候外邊已經華燈初上，天空早已經灰暗得看不清飛鳥了。

出了醫院去搭車，手機在響，是莊晴打來的，「我一天不在病房，難道你沒注意？」她這樣問我道。

我還真的沒有注意，不過她的這個問題讓我感到有些奇怪，「什麼事情？」

「今天陳圓給我打電話說要搬回來住，我下午就在護士長那裏請了假。上午我到醫生辦公室來看了你好幾次，每次都發現你魂不守舍的，你沒事吧？」她問道。

我這才想起昨天晚上自己對陳圓說的事情。「莊晴，謝謝你。」

「我們剛剛收拾完呢。馮笑，我很高興。因為你作出這個決定就說明了你不再生我的氣了。現在我和陳圓都還沒吃晚飯呢，你請我們好不好？」她在電話裏面嬌笑著說。

「我有事情，早就約好了人談事情，改天吧，好嗎？」我說。不知道是怎麼的，現在我依然對莊晴有著一種排斥的心態。

「明天你夜班是吧？後天，後天你必須請我們吃飯。」她說。

「莊晴，你想過沒有，我們這樣下去算什麼？以前的事情是我不對，但是我已經遭到報應了啊，就這樣吧。陳圓的事情我已經給她安排好了，我們今後還是像朋友一樣相處吧，就這樣了啊。」我說，即刻壓斷了電話。

我發現自從趙夢蕾出事後，我已經變得完全地混亂了，從我日常的生活到我的心態。這種混亂的狀態讓我時常感到無所適從，因為我已經不知道哪些事情是自己應該繼續去做的，還有哪些事情是應該改變的。結果就是我一片混亂，不該做的事情繼續在做，該做的事情卻在竭力地迴避。

對於莊晴和陳圓的事情，我只是從自己的下意識裏感覺到我們不能再這樣繼續下去了。因為我知道自己根本就無法對她們負起責任來。以前的一切已經錯了，所以現在要做的是不要讓這種錯誤延續下去。

可是，我不知道自己是否能夠真正做到，因為我發現無論是莊晴還是陳圓，她們本身並沒有意識到我的變化。

到了那家酒樓的大門處，我發現自己身邊不遠處有一個女人在那裏東張西望。她太漂亮了，我不敢肯定她就是我要找的人。於是拿出電話開始撥打。

聲音還真的從她那裏響起，我急忙壓斷電話快速地朝她走去，「請問你是洪雅女士嗎？」

本以為她會笑著回答說「是」，但是看見的卻是她迷茫的眼神，「你找錯人了吧？」

我沒有想到竟然會出現如此的錯誤，於是急忙拿出電話來又開始撥打，真的沒有再從她那裏聽到電話鈴聲。

「我堵車，你等我一會兒。」電話裏面傳來了那個好聽的聲音。

「好。我把菜先點好。」我說。隨即去對面前的漂亮女人歉意地道：「對不起，搞錯了。剛才我打電話的時候，聽到你的電話在響，所以……」

「沒事，我也等人。」她笑了笑。

我苦笑著搖頭：怎麼可能？這個女人這麼年輕。她怎麼可能是常育的朋友呢？去到二樓，我找了一個靠窗的位置。服務員過來讓我點菜，我忽然想到自己還不知道那位洪雅小姐是否習慣我們江南特有的麻辣味道。

「你等一下，我還有一個人。」我只好對服務員說道。

我正對著酒樓的入口處，忽然看見剛才那個漂亮女人進來了，她的手在一個男人的臂彎裏，而那個男人竟然是我們醫院的章院長。上次蘇華對我說過，章院長是莊晴的舅舅。

我急忙地俯身，假裝去地上撿東西，心裏「怦怦」直跳。

可是，這時我的手機響了起來，「我到了。」電話裏傳來的是洪雅的聲音。

我只好起身，頓時舒了一口氣：章院長他們已經不在自己的視線裏了。「你在酒店的外邊嗎？我馬上出來。」我說，匆匆朝外面走去。

在門口的時候我就看到了她，我完全可以判斷出來是她，因為我們倆的電話還是通著的。這是一個皮膚白皙的漂亮女人，大約在三十歲左右，雖然沒有剛才我認錯的那個女人漂亮，但是她卻多了一種成熟的氣韻。而且她的皮膚真的很白，白得讓人有些炫目的感覺。

她的裝束與昨天的常育差不多：長裙、毛衣、風衣。不過洪雅有一頭烏黑的長髮，這讓她給人以一種飄逸的美。

當然，我不會被她的美麗搞得神魂顛倒，我畢竟是婦產科醫生，見到的漂亮女人多了去了，她不算我見過最漂亮的女人，只不過皮膚很白皙罷了。

「我還沒點菜，因為我不知道你的口味。」我帶著她一邊進去一邊說道。

「還是我來點菜吧。」她說。

我當然不會反對。於是趁她點菜的時機四處張望。

「怎麼？怕遇到熟人？」她發現了我的異常，放下菜單笑著問我道。

「沒，沒有。」我急忙地道。急忙收回自己的目光。

「菜點好了，我們喝點酒好不好？」她問道。

「你要喝的話，我陪你。」我說，覺得不大對勁：今天我說了是我請客的啊？怎麼搞反了？

「常姐告訴你了嗎？就是今天我們要談的事情。」她叫了一瓶江南特曲後問我道。

我搖頭，「她只是說今天你會給我打電話，具體的事情你會告訴我。」

她癟了癟嘴，「常姐真是的，幹嘛不對你說清楚啊？」

「究竟什麼事情？」我問道。

「民政廳在城南有一棟房子，以前是一個倉庫。前不久我無意中發現了那個地方，覺得那房子外形不錯，古色古香的。所以就想把它改造成一處休閒會所。我找到了常姐，她答應把那地方租給我使用，不過同時向我提出了一個條件，就是要我和你合作。」她回答道。

「常廳長也真是的，我哪懂什麼休閒會所啊？我可是什麼也不懂的。」我說。

「你是婦產科醫生？」她問我道。

我點頭，「是啊，怎麼啦？」

「來，我們吃飯。馮醫生，我敬你一杯，很高興認識你。」她朝我舉杯，白皙的手如玉般呈現在我面前。

「你皮膚真好。不，是漂亮。」我情不自禁地讚揚了她一句。

「這有區別嗎？」她笑著問我道。

「你的皮膚很白，所以很漂亮，但是我不知道你的這種白是與生俱來，還是因為其他原因。」我說。

「和你們醫生在一起感覺真奇怪，總覺得自己變成了你們的標本似的。」她頓時笑了起來。

我淡淡地笑，「你和常廳長是什麼關係？」

「我和她是很多年的朋友。」她回答，「我比她小十幾歲，估計我們倆差不多的年紀。實話告訴你吧，常姐是我哥的同學。我哥以前很喜歡她的，可惜……」

「可惜她嫁給了另外的人是吧？」我接過了她的話說道，「現在她已經離婚了啊，你哥可以去找她了啊？」

「不可能了。」她搖頭。

我也笑，「是啊，總不能讓你哥現在離婚吧。」

「不是，我哥去年走了。肝癌。他以前天天喝酒，不知道的以為他有酒癮，只有我知道他是喜歡常姐才那樣，後來常姐一直與端木不合也與這件事有關係。當初端木和我哥都喜歡常姐，可惜常姐所托非人，端木最終還是變了。」她歎息著說。

「這都是命啊。」我也歎息，「假如當初她和你哥在一起的話，你能夠保證你哥不變嗎？」

「我哥肯定不會變，他那麼不喜歡我嫂子，一樣對我嫂子那麼好。」她說。

「就算你說的是吧，那你怎麼能保證你哥的身體不會一樣出問題呢？」我說。

「你這話是什麼意思？我哥就是心情不好所以才天天喝酒。如果他與常姐在一起的話，就不會這樣了。」她說。

我搖頭，「很多人患上某種疾病是因為他的基因決定了的，比如癌症，從醫學上講，我們經常會提到一個名詞，叫做『癌症』素質。也就是說，有的人天生就有患癌症的基礎。喝酒、飲食習慣等，只不過是讓他的癌症提前發生了罷了，或者說是誘因之一。」

她瞪著我，「你還是醫生呢，怎麼這麼迷信？」

「這不是迷信，這是科學。現在醫學上可以通過基因檢測到一個人大約在什麼時間段會患什麼樣的疾病，其中的道理就在這裏。」我說。

她驚訝地看著我，「真的啊？那你的意思是說，一個人的生命週期從生下來那天起就已經被決定了？」

我搖頭，「那倒不是，人的基因只是一種資訊。當然，那個資訊可以決定一個人什麼時候患上什麼樣的疾病。但是那一切是可以預防的啊。比如你哥哥，如果在此之前不要讓他喝酒，儘早進行肝功能檢查。如果發現早期病變的話，即刻進行手術治療或者其他方式的治療，那麼他的病就會被人為地控制住或者延後。」

「這個基因檢測目前在哪些醫院開展？」她問道。

我搖頭，「這項技術目前才剛剛突破了一些技術上的問題，要應用到臨床的話估計還得有個過程。」

她歎息，「太遺憾了，如果我們把常姐提供的這個場地搞成你說的那個什麼基因檢測中心的話，該多好啊，生意肯定非常火爆。」

我點頭，「那倒是，人們對自己、對這個世界的未知總是充滿著好奇的，這樣的專案一定是暴利。」

「為什麼這樣說？」她問道。

「基因檢測的科技含量本來就很高，這樣的專案要佔領市場的話，就必須採用高價格策略。就如同那些算命先生一樣，那些在路邊擺攤的，有多少人相信他們算的卦？即使去算了，也就給個十來塊錢。那些寺廟裏的，算一卦得幾百上千塊，有錢的人還趨之若鶩。當然，基因檢測不能完全與算命相比較，不過道理是一樣的。今後這個專案一旦開展起來就是暴利，而且市場前景會很不錯。」我說，忽然有些激動起來。

「馮醫生，那你今後一直要關注這項技術的進展情況好不好？如果可能的話，我們也可以開展它的啊。」她說，神情激動，顯然是被我剛才的話給感染了。

「儘量吧，還不知道今後國家對這項檢測設不設置什麼門檻呢。」我說。

「你真是的，盡說些讓人先高興然後又失望的事情來。」她頓時不滿地道。

我笑，「什麼儘是啊？不就這一件事情嗎？我們還是說正事吧。你談談你準備搞的那個休閒會所。」

「什麼我準備搞的啊？實話告訴你吧，是常姐、我，還有你三個人合起來搞這個專案。」她說。

我吃驚地看著她。

「常姐不方便出面，只能由我來，不過技術上的事情必須你負責。」她說。

我莫名其妙，「技術？什麼技術？」

「實話告訴你吧，我們是想把那地方搞成一個高檔的專門針對女性的休閒會所，今後按照會員制管理，只吸收高端客戶。」她說。

「我是婦產科醫生，不可能讓我在那樣的地方給人看病吧？」我問道。

她看著我笑，「聽常姐說，你的按摩手法很不錯，是不是這樣？」

我頓時驚呆了，「你……她，她什麼時候告訴你這個的？」

「我與常姐是很好的姐妹，她很多事情都不會瞞我的，何況這件事情這麼重要，今後會所裏的技師技術將會起到至關重要的作用。我最擔心的也是這件事情。不過常姐推薦了你，所以我特地來和你見一面，想和你好好談談。」她說。

我苦笑，「我可沒有經過什麼專門培訓。只是從醫學的角度去揣摩了這件事情。所以，這件事情我還是幫不上什麼忙。」

「那麼，你覺得給女性按摩的時候，最需要注意的是什麼？」她問，似笑非笑地看著我。

我想了想後回答道：「我覺得女性按摩這件事情和我們婦產科一樣，第一，要尊重女性的選擇。也就是說，如果女性對男性按摩師反感的話，千萬不要強迫。第二，男性在對女性服務的過程中要有愛心，無論從內心還是在手法上，都要體現出對女性的尊重與愛撫。第三，無論男性技師還是女性技師，除了要經過專門的培訓外，還要特別注意形象。也就是說，今後在選擇培訓人員的時候，首先就要考慮到他們的形象。試想，一個外貌猥瑣的男性技師，他如何能夠得到客人的信任？」

「你說得很有道理啊。那你覺得培訓的內容應該包括哪些？」她問道。

「第一，首先得熟悉人體的穴位及對每一個穴位按摩的手法吧？據我所知，中醫對這方面是很講究的。現在外面的很多按摩都是一陣亂摸，很多技師連穴位點都找不到。第二，要對他們進行職業道德教育，就如同我們曾經經歷的醫學倫理教育一樣。第三，最好去請中醫理療方面的專家對他們進行授課，並親自傳授按摩的手法與技法。第四，既然是準備搞高檔會所，那麼對今後從業人員的素質教育就應該跟上，比如什麼國際禮儀、待人接物的基本禮節、某些高檔品牌物品的識別等等。呵呵！我也不懂的，只是臨時想起了這些來。」我發現今天自己與以往不大一樣了，不但話多起來，而且也變得很隨和。

「說得好啊。」她笑道，隨即朝我舉杯。我似乎明白了，今天自己這樣的原因只是因為有了一種與她一見如故的感覺。不，還有一個原因，那就是因為我在無意中發現了章院長的事情，那件事情讓我有些興奮。

我有些不好意思起來，「我真的不懂，只是隨便說說。」

「當然還不全面。」她點頭道，「馮醫生，我看這樣，我這邊負責房屋的裝修與改造，你就全權負責今後技師的招聘、培訓。我們同時進行。怎麼樣？」

我頓時慌亂起來，連連擺手，「這可不行。我說說可以，招聘、培訓，這樣的事情我哪裏會啊？」

她看著我，掩嘴而笑，「我可不會懷疑常姐看人的眼光。」

「這件事情我真的做不了。」我說，繼續擺手。

「馮醫生，這件事是我們三個人的事。三人當中你是唯一的男人。你不扛起來誰去扛？而且，常姐和你今後都不會參與管理，你忍心把所有的事情都加到我的肩上嗎？」她不滿地道，「有些事情不會可以學。我以前什麼也不會呢，還不是經過摸爬滾打學會了管理，學會了賺錢？這件事情你不要說了，因為我和常姐已經商量過了，是已經確定下來的事情。你是男人呢，怎麼這樣婆婆媽媽的啊？」

「我……我試試吧。」她說得我有些不大好意思起來，於是勉強答應了。

「這就對了嘛，不過不是試試，是必須要做好。我投資的錢可都是我的血汗錢啊。對了，這個專案你也得投資的，不是我缺你那點錢，而是我擔心你沒有責任感。這也是常姐答應了的。不僅是你，常姐也要投入資金的。」她接著說道。

「一共需要多少？」我問道，內心忐忑。

「整個專案至少投資一千萬。高檔休閒會所，裏面所有的東西必須是最好的。」她回答說。

我嚇了一大跳，「一千萬？每個人就是三百多萬，我哪來那麼多錢？」

她頓時笑了起來，「你傻啊？誰說要你拿出三百多萬了？這個專案首期只需要不到兩百萬。也就是裝修前期的錢。房屋的租金可以不忙付，常姐在，這件事情很好辦。首先需要進行的是兩個方面，一是裝修的設計，二是人員的培訓，這兩個方面必須同時先期進行。你這邊抓緊時間招聘、培訓人員，我那邊儘快找設計單位進行設計，此外，我還有一項非常重要的工作，那就是宣傳。這個專案的關鍵是在宣傳上面，也就是說，從一開始我們就要動員一部分人成為我們未來會所的ＶＩＰ會員並讓她們先期繳納會費。不然的話，我們的後續資金就會出現困難。所以，我的工作量是最大的。」

我聽得目瞪口呆，覺得她的想法太過匪夷所思了，「人家會先給錢嗎？」

「現在有錢的人多了去了，特別是你們男人有錢之後就會變壞，讓無數的女人獨守空房，寂寞難耐。她們什麼都沒有，但是有錢啊。如果我們今後的服務真的很好的話，她們肯定願意提前付費的。」她說。

「你準備讓她們一年交多少錢？」我問道。

「每人五十萬，至少。」她說。

這下我真的驚呆了，「五十萬！不可能吧？人家錢再多也不會這樣扔啊？」

她笑吟吟地看著我，「馮醫生，你給常姐那樣按摩一次，如果需要收費的話，你覺得多少錢合適？」

我頓時面紅耳赤，「她，她怎麼啥都跟你講了？」

「嘻嘻！我們先不說這個，假如收費的話，那樣的服務一次收取三千塊錢不算貴吧？按照一個月她們享受十五次那樣的服務計算，一個月就是四萬五，一年下來就是五十四萬。而且她們可以在裏面免費吃喝、住宿，甚至還可以免費美容、瘦身什麼的，五十萬很便宜的。」她笑道。

我這才覺得她並不是異想天開，反而覺得她的話很有道理。由此可見，算賬比什麼都有說服力。

「不過，馮醫生，我卻有些不大相信你的技術。怎麼樣？今天晚上吃完飯後你給我做做，讓我先體驗一下你的按摩是一種什麼樣的感覺。」她看著我嬌媚地笑。

「別開玩笑。」我訕訕地道。

「我不是開玩笑。」她卻即刻正色地道，「我要先去收別人的錢。如果你的服務達不到我想像的那樣的話，今後可是要出事情的。因為今後入會的那些客戶都是有一定社會地位的人，所以我必須先親自體驗一次。」

洪雅的話讓我很是吃驚，雖然覺得她的話很有道理，但是依然覺得匪夷所思。於是我藉口去上廁所的機會，悄悄給常育打了一個電話。

「姐，怎麼會這樣呢？你怎麼可以把我們之間的事情告訴她呢？」我有些不滿地質問她道。

「她是我最好的朋友。我只是告訴她，你的按摩技法不錯，其他的我又沒說。怎麼樣？她比我漂亮吧？她是不是要求你也給她做一次？馮笑，你不感謝我反而還來責怪我，真不像話！我是你姐呢，這個世界上除了我，還有誰會替你想這麼好的事情？哈哈！」她卻在電話裏面笑。

「姐，你就別開玩笑了。什麼事你們都決定好了，我還說什麼呢？」我苦笑。

「馮笑，這是一個非常賺錢的專案，你仔細想想就明白了。她要先體驗一次你的手法也是應該的，畢竟這不是件開玩笑的事情。」她說，語氣柔和。

「我知道了。」我掛斷了電話，不過心裏有些惴惴不安起來：馮笑，這樣的按摩和你的婦科檢查是一樣的性質嗎？

「怎麼？去請示了常姐了？」回到座位上坐下後，洪雅笑著問我道。我有些尷尬地笑了笑，心想這樣的事情當然騙不了她，生意人都精明著呢。

「走吧，你吃好了嗎？說實話，我心裏還有些不大自在呢。一會兒要讓你一個大男人按摩一番。幸好你是婦產科醫生。而且我們還都喝了點酒。走吧，去我家裏。我都準備好了。」她說。白皙的臉上出現了一片暈紅。

我心裏頓時升起一種奇異的感覺，不過，我還是笑了起來，「你放心好了，我不會侵犯你的。」

「你敢！」她瞪了我一眼，然後又笑。不過她的臉更紅了，我能夠看到的她的臉上的部分都是通紅的，包括她的耳朵，還有她漂亮的頸部。

第七章

親身體驗

我按照她身體有穴位的地方一一進行按摩。
從頭部，頸椎，胳膊，和腰部。滿屋彌漫薰衣草的清香氣味。
我發現她很快就進入了半睡眠的狀態。
我加快了速度，兩隻手時而往腰部，時而滑向胸部兩端，
時而在背中央旋轉，我明顯地感覺到她舒服的感受，
因為她在開始輕聲地呻吟。

洪雅的家準確地講並不是一個家，應該稱為住處。這是一個社區，她的房子並不大，大約只有六十到七十個平方的樣子，不過裝修很精緻，進去後感覺很溫馨。裏面的傢俱用具都很考究。我看得出來，這裏的主人就她一個人，因為我沒有感覺到男人的氣息。一個有男人的家是完全不一樣的。

女人喜歡把自己的住處稱其為家，這也許是反映了女人的一種希望或者嚮往。進入到這裏後，首先是她感到尷尬了，我發現她有些不知所措，「你，喝水嗎？」終於，她找到了一句話來問我。

「給我倒一杯吧。」我點頭說，心想：這就和婦科檢查一樣，先得打消她的顧慮，還有害羞、緊張的情緒。

於是我主動和她攀談了起來，我主要對她講我們醫院裏面的一些事情，包括常見的一些婦科疾病。她慢慢地也開始健談起來，她懂很多東西：音樂、社會、個人修養等等，我們都聊。

她去打開了音樂，然後轉身看著我笑。

我去洗乾淨了手，兌起了精油，我告訴她怎麼瞭解精油的純度和療效，我告訴她，她的薰衣草油和迷迭香油是法國品牌，屬於單方精油。

隨後，我找她要了一張浴巾，然後將浴巾鋪在她的床上，隨後示意她要脫掉衣服睡衣。她有些尷尬，不過還是聽從了我的話，身上就剩一條小小的內褲了。她的皮膚真的很白皙，身材也是極好，現在的她如同一具精美的白玉雕像一般地躺在了床上。

「那東西也要脫掉。」我對她說，聲音很柔和。她閉著眼睛褪去了她的內褲，我眼前的她頓時變得完美了。「真美！」我不禁讚歎道。

「我有些害怕。」她說，雙手去捂住了她的羞處。

「別害怕，我不會傷害你的。你這麼漂亮，我怎麼忍心傷害你呢？我是要讓你變得更美。」我柔聲地對她說，隨即吩咐她道：「你轉身吧，背朝向上邊。」

她按照我的吩咐做了。我隨即脫去了自己的衣服，只剩下了內褲。她有些吃驚，聲音在顫抖，「你，你幹嘛？」

我微笑著說：「一會兒我幫你按摩的時候，我會流汗。」

她這才放心了下來，於是我開始給她按摩。

先在她的背部倒上精油，均勻的抹在她白皙如玉的背上，然後很溫柔地開始按摩她的後背，同時問她：「力度夠不夠？」

「嗯，合適。」她回答。

我使用的是很正規的手法，完全按照她身體有穴位的地方一一進行按摩。從頭部，頸椎，胳膊，和腰部。一會兒之後，滿屋開始彌漫著薰衣草的清香氣味。我發現她很快就進入了半睡眠的狀態，說她進入的是半睡眠狀態，是因為她已經輕輕在打鼾，但是我問她話的時候，她會用簡潔的字回答我。

我感覺到她抹有精油的地方慢慢感覺到溫熱，我很有耐心的給她按摩著，慢慢的加快了速度，兩隻手時而往腰部，時而滑向胸部兩端，時而在背中央那裏旋轉，我明顯地感覺到了她舒服的感受，因為她在開始輕聲地呻吟。

隨後，我給她臀部倒上了油，抹均勻了後，半坐在她的小腿上，然後緩緩的把她臀部的肌肉往腰的方向推。時而輕推，時而輕壓，時而旋轉。她的呻吟聲加大了些許。

接下來我把她趴著的兩條腿輕輕的分了開來，讓精油順著股溝滴了下去。我發現她有點緊張，因為她的臀部在發抖。

「別怕，你感覺到舒服就行。」我說。

我給她揉著、撫摩著，還用整個手掌覆蓋著她的整個陰部。她伸出手來抓住了我的手，我頓時明白了她給我的這個信號。

不過，我的手離開了她的那個部位。開始幫她按摩雙腿。從大腿往下直至小腿、腳踝、掌、腳趾。按摩完她的腿後，我的唇去到了她的耳畔，「你轉身吧，我要按摩你的前面了。」

她平躺在床上，她看了我一眼後，不好意思的閉起了眼睛。她的臉更紅了。

我在她的頸部倒上油，順著她的下巴到胸慢慢的按摩起來。不過我沒去碰到她的乳房。我看見她的乳頭竟然硬了起來。於是在她的乳房上倒上油開始按摩。從乳下緩緩的把整個乳房往上推，把油慢慢往她胸部抹動，很慢很慢，周而復始。隨後，我把自己的兩個手掌相互搓了搓，搓得熱熱的後去覆蓋在她的乳房上，等熱勁一過，才輕輕的用手指撚起她的兩個乳頭，輕輕的揉搓起來。她的乳頭更硬了，紅紅的很是可愛。

我頓時被她雪白的乳還有她那兩點鮮紅誘惑了，忍不住地一下子用嘴將她的乳房含住，輕輕的吸著，舌頭劃著圈，牙齒輕輕地咬。她頓時發出了歡愉的聲音。

我信心大增，惶恐不再。放開了她的乳房，把精油抹了點在她的腹部上，然後對她說：「我們最後按摩腹部。」

隨即我立起了身體，跪在了她的兩腿之間。

找到了她的陰蒂，還有她的G點……。她開始呻吟起來，我的手指按到了她的G點，不停的刺激著那裏。她大聲的呻吟起來，也顧不得什麼嬌羞了。她的身體在抖動，興奮的用手抓住床單，我知道她的高潮即將來臨，於是加快了手上的速度。她猛然地抓住了我的手，大聲地尖叫了起來，她噴射了……。我的手繼續按摩著她的雙腿，隨後去給她倒了一杯水，柔聲地問她道：「怎麼樣？舒服嗎？」

她軟綿綿地躺在那裏，「我，我差點死了……」

「好了，我得回去了。看來我是通過了你的考試了。」我笑著對她說。

「你，你等等。」她說。

我站住了，看著她如玉般的身體。

「你，討厭！別看我！」她瞪了我一眼，「你過來。」

我朝她靠了過去，她伸出手來，猛然地朝我胯間抓了過來，「咦？你真的沒反應啊？難道你的功能有問題？」

我哭笑不得，「喂！你說什麼啊？我可是婦產科醫生，只要我把這件事情看成是一種工作的時候，就不會產生反應的。」

她癟嘴道：「鬼才會相信你，你肯定有問題。」

我懶得和她爭論這個問題，「隨便你想吧，我得走了。至於按摩的事情，其實我也不是那麼熟練，因為我從來沒有經過正規的培訓，完全是從醫學的角度嘗試著在做，如果需要的話，我最近就去找人教教我，反正我找老師方便。」

「手法上可以，但還不夠。所以，你得留下來繼續在我身上做實驗。」她說。

「你懂？」我問道。

「當然。」她說，「來，你上來，我教你。」

「我們今後是合夥人，這樣不好吧？」我說。

她朝我揮手，「去吧！你把我搞得這麼難受，這下好了，你竟然要離開！」

我心裏早已經躁動，「你的意思是……」

她朝我媚笑，「你傻啊？人家給你都不要。」

我緩緩地朝她走了過去，她猛然地拉了我一把，「馮笑，你剛才的按摩根本就不合格。」

我已經躺倒在了她的身旁，「什麼意思？哪點不合格？」

她的唇來到了我耳邊，「你要用嘴巴，用舌頭親我下面，明白嗎？」

我大吃一驚，「原來你們要開的那個所謂高級會所是色情場所啊？不行，這樣的事情我不會參加。而且我也得勸常育不要參加。這是犯法的，你知道嗎？」

「你真是大傻瓜！那樣的會所沒有那種服務的話，人家會來嗎？」她癟嘴說。

「如果你們真的要搞那樣的，我堅決不參加。」我說。

「可以，除非你能夠讓別人認同你這種服務方式，僅僅是按摩。」她說。

「你認同了嗎？」我問道。

「我認同了有什麼用?」她說,「要那些富婆們認同才行。」

「洪雅,本來今天這樣的事就已經超出了常規的倫理道德範圍了,也許這樣還可以打一下擦邊球。你不是說過嗎?今後你的服務對象都是些有錢有身分的人。你想過沒有?一旦那些女人的老公們發現自己的老婆在我們這裏幹這樣的事情,會怎麼想?那樣的男技師簡直就是鴨子嘛。任何男人都不能接受自己的老婆去幹那樣的事。即使他們自己在外面嫖娼、養情婦也不能容忍自己的老婆那樣。這就是男人。你知道嗎?」我再次勸她道。因為她是常育的朋友,所以我不想看著她去做犯罪的事情,何況這件事情還牽涉到常育。我無所謂,不參與就是了。

讓我想不到的是,她竟然笑了起來,「常姐果然沒看錯你,哈哈!她也是這個意思,絕不搞過分的事情。她還說,在我們國家,不管你有多硬的後台,搞色情的東西遲早都得完蛋,而且,你的定力也很不錯。」

我張大著嘴巴看著她,「原來你是在考驗我啊?」

她依然在笑,「也算是對你的一種考驗吧,不過你想過沒有?你怎麼去招聘到能夠與你一樣有著自制力的男技師呢?」

「主要還是用女技師,男技師可以有,但是只能是少數。我想,只有從醫學院剛剛畢業的學生中去應聘。他們見得多,而且受過和我同樣的教育。」我回答。

「現在的問題是，你必須得先訓練出三五個人出來。不管是男的還是女的技師，因為我要先期免費給那些準備入會的人做一次。人家沒有感受，怎麼可能把錢給你？」她說。

我頓時怔住了，「原來你的意圖是在這裏，我明白了。」

她搖頭，「不，你不明白。我們先期必須訓練出男技師，當然，女技師也必須有，這得看客戶的需要。嘻嘻！如果你一時間訓練不出來的話，就只好由你親自代勞了。」

「洪雅，因為你是常育的朋友，不然的話我可是不會做這樣的事。其他的人我肯定不會去做，除非我不當醫生了。這樣的事情傳出去了的話，我今後怎麼面對我的那些病人？怎麼面對我的同事？不行，絕對不行。」我堅決地說。

「那好吧，我尊重你的意見。」她說。

我頓時舒了一口氣。

可是，她卻繼續地說道：「但是我有一個條件。」

「什麼條件？」我疑惑地問道。

「你今天必須得再給我做一次，剛才我覺得好舒服。」她朝我媚笑，「本來我開始的時候很緊張，但是後來我發現自己真的好舒服。我可不是孤獨寂寞的富婆，連我都有這樣的感覺，而且好像還很上癮，我想那些富婆們今後就更加忍不住天天想到我們那裏去了。馮醫生，我現在對我們的這個專案更加有信心了。」

「我還是那句話，千萬不要搞成色情場所了。」我說，心裏依然擔心。

「不會，你放心吧。如果你不相信的話，明天你去問常姐。」她笑著說，「馮笑，你這人真奇怪啊，我赤身裸體在你身旁，你竟然沒有反應。」

我心裏的激情「騰」地一下就上來了，「你的意思是要我有反應是不是？」

「我看看。」她「吃吃」地笑，手已經到達了我的胯下，猛然地發出了一聲驚呼，「啊……」

我翻身而起，即刻去親吻她的唇，手已經到達了她的胸部開始揉搓。

「嗚嗚！」她的頭在擺動，我的嘴唇急忙鬆開了她，「怎麼啦？」

「我怕了你了，你走吧。」她說，不住地喘息、輕笑。

「你倒是舒服了，我正難受呢。」我說，手即刻去到了她的陰核處，指腹開始在她的那上面揉動。

她頓時癱軟，「馮笑，我後悔了，來吧……」她發出了悠悠的、誘人的聲音。

很多時候我都認為男人和女人之間發生的事情，往往是源於誘惑。今天的事情很明顯的是洪雅誘惑了我。

但是，當一切都結束了後，當她從高潮的餘韻中清醒過來的時候，卻來責怪於我：「馮笑，就是你，就是你誘惑了我。我想都沒有想過和你發生這樣的關係，何況，我們才是第一次認識。」

我哭笑不得，「究竟是誰誘惑誰啊？我都準備走了，是你非得把我留下來的。你赤身裸體在我面前，而且你長得又這麼漂亮，我是男人啊。」

「所以我就在想一個問題，今後那些富婆忍不住了，會出現什麼樣的狀況？」她歎息著說。

「所以，最好不要用男技師。」我說。

「我也覺得今後會出問題。不行，這件事情得重新計畫一下。」她說，隨即把她白皙修長光潔的腿搭在了我的身上，她白皙細長的手指在輕撫我的臉，「馮笑，你真厲害，你和常姐做過沒有？」

我訕訕地道：「你別亂說。」

她「嘻嘻」地笑，「你們肯定做過。怎麼樣？和我做的時候舒服呢？還是和她？」

「都一樣。」我悶聲悶氣地道，不想和她說這樣的事情。

「肯定不一樣，馮笑，你說，究竟和誰的時候舒服些？」她卻不依不饒地道。

「你和多少個男人做過？」我決定反問她。

「你這話是什麼意思？」她詫異地問我道。

「很簡單，你覺得每個男人在你身上做的時候的感覺是一樣的嗎？」我笑著問道，我發現，自己竟然對這樣的問題也很感興趣。

「當然不一樣了，不過你是最棒的，因為我今天還是第一次感覺到真正的性高潮。真的，太舒服了。」她說，隨即在我臉頰上面親吻了一下，「馮笑，完了，我可能中了你的毒了，今天你給我的這種感覺太舒服了。」

「我……我們不可能經常這樣的，今天就已經不應該了。」我說，覺得自己的話有些虛偽。但是，事情已經出了，不虛偽的話還能怎樣？

「是啊，我們不應該的。馮笑，你害死我了。」她幽幽地道，「既然這樣了，那你今晚就不要走啦，好好陪陪我吧。也許這是我們的第一次，也是最後一次。」

「明天我還得上班呢，而且還是二十四小時的班。」我急忙地道。

「那我不管。」她說，「誰讓你把我興趣勾起來了呢？不行，今天晚上我要和你玩個夠。」

她的話讓我忽然想起了趙夢蕾來，想起了她去自首前的那個晚上。

「不！我馬上得回去了，對不起！」我猛然起身，快速地穿上衣褲，轉身看了看正張大著嘴巴驚訝地看著我的她，「對不起，我，我今天真混賬！」

然後，我飛也似地離開了她的家。

在街道的旁邊，在靜謐的夜裏，我狠狠地抽了自己一記耳光。

第二天下午的時候，我給常育打了一個電話，我問她晚上來不來做那個手術，我說，你如果要來的話，我好提前做好手術的準備。

她回答說，不行啊，我晚上又有接待。我說那好吧，以後你確定了時間後告訴我。她說，我還是覺得到你們醫院來不好，別人知道了會影響不好，畢竟我是有身分的人，而且剛剛離婚。

我說今天我值夜班，就我和護士知道這件事情，我告訴蘇醫生和護士不要說出去就行。她說，除非是你親自給我做，你那個什麼蘇醫生我不信任，還有，你最好讓你們那個小護士小莊和你一起。我想了想後說，好吧，我讓莊晴換班就是。她在電話裏面親了我一下，說，還是你對我最好，馮笑，我發現自己真的離不開你了，有你在，我心裏才踏實。

我很高興，因為這是一個女人對我的評價。男人的肩膀上總是要擔負責任的，但是這種責任要被女人肯定才會覺得有意義。

於是去把莊晴叫到病房外邊，悄悄對她說：「晚上常姐要來做手術，小手術。她不希望其他人知道，你想辦法和今天夜班的護士換換班。」

「什麼手術啊？」她問。

「到時候你就知道了。」我說。

「你這樣私下給人做手術不大好吧？萬一出事情了怎麼辦？」她擔心地道。

「小手術，不會出事情的，你放心好了。對了，手術的事情不要對任何人講啊。任何人，明白嗎？你可是常姐點名讓你和我一起給她做手術的。」我叮囑道。

「本來我和陳圓約好了一起出去逛街呢。算了，一會兒我給她說說。」她笑著對我說道，眼神有些媚，我心裏頓時意動了一下，急忙地道：「就這樣吧，晚上我們一起到食堂吃飯吧。」

「嗯。」她說，神情有些扭捏。我問她：「怎麼？你約了人一起吃飯？沒事，你吃了來上班就是。」

「沒有啊。」她說，轉身跑了。

我搖頭，覺得女人有時候還真的很奇怪。

下班的時候沒看見莊晴，心想她可能真的出去吃飯了。我也沒怎麼在意，於是獨自去到了醫院的食堂。

剛進食堂，正準備去買饅頭稀飯和鹹菜的時候，就聽見莊晴在叫我，「馮笑，你看誰來了？」

我轉身去看，發現竟然是陳圓，她有些扭捏地在那裏看著我，「我，我不想一個人出去吃飯。」

「也好，我們一起吃吧。」我說，去看了看周圍的人。還好，食堂裏面的人不多，晚餐來吃飯的大多都是值夜班的醫生護士，還有進修人員。

「想吃什麼？」我問陳圓。

「把你的飯卡給我，我卡上沒多少錢了。」莊晴朝我伸出手來。

我遞給了她，「我只要稀飯、饅頭和鹹菜就可以了。」

「不行，我和陳圓要吃肉，你必須跟我們一起吃。」莊晴說，隨即媚了我一眼。我心裏猛然地一蕩，因為我感覺到她的話裏似乎有著另外一層含義。我去看著陳圓苦笑，發現她的臉上竟然已經變得通紅了。

我心裏頓時懊悔：真不該讓她搬回去住，陳圓這麼純情的小女孩都給莊晴教壞了。哎！

莊晴要來的菜全部是小炒。食堂裏面的小炒油多、味精重，雖然味道不錯，但是吃了對身體絕對沒有好處。我沒辦法，只好跟著她們倆一起吃。

「別人花錢買來的東西，味道就是不一樣。」莊晴笑道。陳圓掩嘴而笑。

我苦笑著說：「你喜歡的話，我給你卡上充值就是。」

「那不一樣，你給我卡上充值了，我仍然覺得那是我的，要用你的卡買來的東西，才有這樣的感覺。」莊晴卻如此說道。

「這是為什麼？」我問道。

「這是我們女人的想法，你不懂。」她說。

我苦笑，「今後這種我不懂的事情你最好不要說出來，免得讓我老是去猜，這樣很難受的知道嗎？」

「就是要讓你難受。」她說，「哎，今天多好啊，我們三個人可以在一起吃飯。可惜要值夜班，不然的話，我還真的想喝點酒呢。」

「一個女孩子，天天想著喝酒。到時候你鼻子上長出酒糟鼻來可就糟糕了。」我笑著說。

「馮笑，你討厭。你才長酒糟鼻呢。」莊晴嬌嗔地對我道，神情可愛迷人之極。陳圓依然只是在笑。

我即刻不再說話，因為我猛然地發現我們三個人在一起的這種場景，讓我感到了一種愉快與留念。我害怕了。

剛剛吃完飯，常育就打電話來了，「餓死我了，你趕快給我做手術，做完了我好去吃飯。」

「手術完了得平躺，還得在家裏休息幾天才行的。」我說，心想：你把這個手術看得也太小了吧？男人割包皮也得休息一周呢。

「可是，我後天有個會，明天倒是可以休息，怎麼辦？」她說。

「後天？後天應該可以吧。」我說。

「你說的啊，到時候不行的話我可要找你算賬。」她說，「對了，我手術完了你得去給我打飯。」

「我剛好在食堂吃完了飯。我給你買點稀飯饅頭怎麼樣？病房裏面有微波爐的，到時候熱了就可以吃了。」我說。

「那怎麼行？不管怎麼說這都是手術呢，我得補一下。」她笑道。

我哭笑不得，「你說，你想吃什麼？」

「稀飯，饅頭。」她說。

我頓時懵了，「你說什麼？」

「我要吃稀飯，饅頭。不過稀飯得是龍蝦熬的。」她在電話裏面大笑。

「你饒了我吧，我馬上得值班呢，我去哪裏給你買那玩意啊？」我苦笑著說，「免費給你做手術你還不滿意，龍蝦？我看都沒看過那東西呢。」

「好吧，那就吃你們食堂的稀飯饅頭吧，不過你今後得給我補上。」她說。

「行，沒問題。」我這才大大地鬆了一口氣。

陳圓不願意獨自回去，她很想留在病房陪我們上夜班。我當然不會同意——這是病房呢，這樣像什麼話？

「我一個人在那裏害怕。」她說。

「現在還早，一會兒晚了回去會更害怕的。」我說。

「讓她留下吧，晚上我送她回去就是，要不了多少時間的。」莊晴替她說話。

我猶豫了一瞬後，只好答應。

到了病房後，不久常育就來了。晚上，她竟然戴著墨鏡。

我當然知道她的顧忌，「莊晴，你馬上把常姐帶到治療室去。」

常育卻去看著陳圓，「這是……」

「她就是那個彈鋼琴的女孩子啊，她叫陳圓。」我急忙地介紹道。

「我說呢，怎麼這麼眼熟？嗯，不錯，很漂亮。現在還在那家酒店上班嗎？」她問道。

「沒有去了，她現在沒工作呢。常姐，如果你能夠替她安排一下，就太好了。」我說。

「洪雅說的那個專案不是正好嗎？今後那裏面也需要有人彈鋼琴的。」她說。

「還早呢。」我笑道，「常姐，別說這個了，你先跟莊晴進去。我洗手後馬上就來。」

「好。」她說，隨即又去看了陳圓一眼，「真漂亮。」

陰道緊縮手術確實很簡單，局部麻醉後先在陰道外口做兩點標記，然後根據陰道的鬆弛程度做一底朝下的三角形黏膜及部分黏膜下組織切除。切除鬆弛的黏膜後，在黏膜下層分離，將鬆弛的肌肉連筋膜組織向中央靠近縫合構成術後的新陰道口，大小可容納兩指餘。黏膜用可吸收縫線縫合，手術後也不需拆線。所以，我不到半小時就給她做完了。

「這麼快？我還沒什麼感覺呢。」常育說。

「本來就是小手術嘛，不過接下來你得注意自己那個部位的清潔，千萬不要發生感染。我給你拿了抗生素藥物，你按時服用就是了。」我說。

「你可以到我家裏去做的，是不是？」她笑著問我道。

我搖頭，「那可不行，在醫院裏面保險得多，萬一出了差錯、造成大出血的話可就麻煩了，這叫以防萬一。」

「是，以防萬一。好了，我餓了，稀飯呢？」她媚了我一眼，幸好莊晴在收拾器械沒看見常育看我的眼神。

「走吧，去醫生辦公室。莊晴，你收拾完後儘快把常姐的飯菜端過來。」我吩咐道。

「你扶我一下，我怎麼覺得不大舒服呢？」常育朝我伸出手來。

「麻藥還沒有過，是這樣的。」我說。

她瞪了我一眼，「在你們醫生眼裏什麼都是正常的，一點也不替人家著想。」

我哭笑不得，「是，你批評得對。來吧，我們慢慢走。」

陳圓在醫生辦公室裏看報紙，她看見我們進去後，便即刻站了起來。「陳圓，快過來扶一下常姐啊？幹嘛傻站在那裏啊？」這時候我才感覺到陳圓的不懂事。

她這才快速地跑了過來，然後將常育攙扶住。我急忙去搬了一張椅子過來，放在了我辦公桌旁邊，「常姐，你坐一會兒。我去看看莊晴把飯熱好了沒有。」

「你別走，我說餓是和你說笑的，我們說說話。」她卻止住了我。

於是我便坐了下來。

她去拉住了陳圓的手，慢慢地撫摸，「真漂亮。」陳圓的臉頓時紅了起來，她在那裏有些不知所措。

「馮笑，小陳現在還沒有工作是吧？」她忽然問我道。

「我不是說過了嗎？」我莫名其妙。

「我馬上準備搬家，我一個人住太冷清了，我想讓她陪我一起住可以嗎？」她問我道。

我頓時尷尬起來，「常姐，你幹嘛問我啊?這件事情得她自己同意才行的。」

「小陳，你覺得呢？」她這才去問陳圓。

「我，我聽馮大哥的。」陳圓聲若蚊蠅地回答。

常育來看我，怪怪的眼神。

「人家常姐問你呢，怎麼又推到我這裏來了？」我急忙地道，竭力地不讓自己尷尬。

「哈哈！你們兩個啊。」常育頓時笑了起來，「馮笑，實話跟你說吧，剛才你在給我做手術的時候，我就一直在想小陳的事情。我想，小陳畢竟還年輕，像現在這樣下去畢竟不是辦法。我覺得女孩子總得找一份正式的工作才好，所有，我想讓小陳先到我們廳裏面去上班，等過個幾個月到半年，我給她想辦法轉為正式的編制，你看這樣行不行？」

我大喜，「陳圓，你還不趕快謝謝常姐啊？」

「謝謝常姐。」陳圓急忙地道。

「馮笑，你放心，我會好好保護她的。還別說，你們兩個人蠻般配的嘛。」常育看著我們倆，笑瞇瞇地說。

我大驚，「常姐……」

「好啦，今天正好，一會兒讓小陳送我回去就是，這樣也就不耽誤你們上班啦。」她笑了笑，隨即說道。

我尷尬極了。

第八章

心靈綁架

「馮笑，你不覺得你老婆這樣做對你是一種綁架嗎？
讓你無法找到她的缺點，讓你心中只有內疚，
讓你像現在這樣乖乖地等著她從監獄裏面出來……」
「莊晴，不是這樣的！她要讓律師把離婚協議送來讓我簽字。
你不要這樣去懷疑她好不好？她不是那樣的人。」
我覺得莊晴的這個想法太殘酷、太不近人情了。

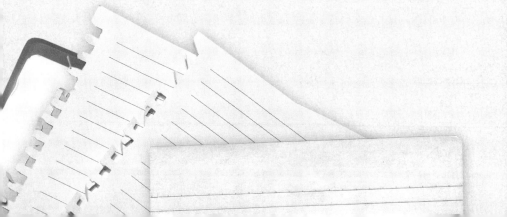

常育今天的心情特別的好。一直都是她在說話，我們三個人都成了她的忠實聽眾。她主要談的是女人方面的話題，什麼牌子的衣服，包，怎麼樣搭配等等。反正我是聽得一頭霧水，陳圓只是在傻笑，而莊晴似乎和她有共同語言似的，她不住地向她在提問。

而正是莊晴的提問才讓她的談性更濃。其實領導也是人，常育也和其他女人一樣，總是希望自己有聽眾的。

「好啦，我得回去休息了。陳圓，送我好嗎？」一小時後，常育終於提出來離開。其實我早就希望她走了，因為直到現在我都還沒去查房呢。晚上的醫囑也還沒有開出來。

陳圓來看我，莊晴也詫異地在朝我看過來。「陳圓，你送送常姐吧，你也應該學會照顧別人了。」我對陳圓說。

「嗯。」她低聲地道，隨即乖巧地去扶起常育。

「明天你休息是吧？我正想和你談點事情。」常育在離開的時候對我說。

我點頭，「我明天上午來。我也正想和你說點事情呢。」

她們離開了，常育的步履有些僵硬。其實這是她的心理作用，這樣的手術不會有那麼大的反應的。

看著她們倆離去的背影，我心裏忽然有了一種怪怪的感覺，這種感覺我說不出來具體是什麼，就是覺得有些怪怪的。

「喂！都走了好久了，怎麼還在看啊？」我正看著門口出神，卻聽見莊晴在叫我，霍然醒轉，「哦，什麼事情？」

「看你的樣子，魂兒都沒有了！」她看著我笑，「馮笑，你就這樣把陳圓送給常廳長了？」

「你說什麼呢？怎麼能說是送呢？人家可是好心好意給陳圓找工作啊，多好的事情。」我責怪她道，「常廳長說得很對，陳圓是女孩子，應該有一份正式的、固定的工作。」

「說實話，我對那些當官的都不信任。」她癟嘴道。

我頓時不悅起來，「莊晴，別亂說。常廳長不一樣的。而且……宋梅不是一直在找她幫忙嗎？算了。我們別說這件事情了，免得說起來我心裏又不舒服。」

「現在我早就看淡了，無所謂了，宋梅今後賺不賺錢，生意做得好不好，都和我沒有任何的關係。以前我真傻，以為他不喜歡我就算了，至少還可以拿到一筆錢，現在我想明白了，錢這東西，是你的才是你的，不是你的隨便怎麼也到不了你的手。我當護士雖然苦了些，但是掙的錢夠花了，結婚不結婚也無所謂，自己高興就行。不像你，雖然結婚了，搞得現在還不如我這個離婚的人自由。」她說道，神情輕鬆。

我暗自詫異，「莊晴，你，你沒什麼吧？」

「我有什麼？」她笑，「我說的是實話。現在很多人認為離婚的女人就不值錢了，其實離婚不就因為以前多了一張結婚證嗎？那些沒結過婚、天天與男人睡在一起的女人，難道就值錢了？豈有此理！」

我頓時明白她今天肯定是受到什麼刺激了，不然的話怎麼會說出這樣一些話來呢？「莊晴，你究竟怎麼了？誰說你什麼了？」

「沒人說我，馮笑，你不就是這樣認為的嗎？」她說，神情忽然變得憤怒起來。我愕然地看著她，「我什麼時候這樣認為了？」

「你自己清楚。」她說，轉身離開。

我苦笑著搖頭：女人啊，怎麼總是這樣啊？一會兒天晴一會兒下雨的。即刻起身準備去病房看一圈，猛然地醒悟過來莊晴剛才生氣的原因了——她認為我對陳圓太好了！

心裏不禁生氣：莊晴，你如果因為這件事情生我的氣可以，但是你不應該那樣去說陳圓啊？你的話也太過惡毒了吧？陳圓什麼時候天天與男人睡在一起了？

難道，她不是說陳圓？我轉念又想道。

頓時覺得女人有時候太不可思議了，不禁苦笑著搖頭，隨即朝病房而去。

一般來講，夜班醫生是不需要重新給病人開新的醫囑的，除非病人的病情發生了變化。所以常育在病房裏面待那麼久，我也沒有著急。看完了病人後，並沒有發現異常的地方，倒是和病人及病人家屬聊了許久的天。我喜歡在夜班的時候通過這樣的方式去與病人交流，這其實是緩和醫患矛盾最有效的方式。人都是有感情的，如果病人感覺到了醫生是真心在關心他們，那麼即使出現某些問題，他們也會原諒、理解醫生的難處。

很多醫患矛盾產生的根源其實是醫生的高高在上。有時候我就想：在古代，醫生還不是屬於三教九流範圍內的群體？只不過在現代社會提高了地位罷了，有什麼值得把自己放在高高在上的位置？這就如同那些明星一樣，古時候的戲子現在也懂得耍大牌了，沒有意思嘛！

夜班沒有事情做也是一種煩惱，本想去叫莊晴來說說話的，但是想到她剛才的那個態度，便打消了主意。

有時候我發現自己的心眼比女人還小，總是會過多去考慮別人的感受，可是莊晴就不一樣了，她竟然主動來了。

她進來時，我正在看陳圓先前看的那張報紙，「無聊是吧？」她進來後問道。

我打了一個哈欠，「是啊，正準備去睡覺呢。」

「你真的讓陳圓去那裏啊？」她問我。

「剛才你是生我的氣吧？」我問她。

「我才不會生你的氣呢，我要生你的氣的話，早就被你給氣死了。你說，你氣過我多少次了？有幾次你的話說得那麼刻毒，我後來還不是沒有跟你計較？」她憤憤地道。

我不禁慚愧，因為她說得很對。但是我在掩飾自己，訕訕地笑，「莊晴，你現在不是就在生氣嗎？」

她頓時笑了起來，「馮笑，好像是我上輩子欠你的一樣。我也不知道是怎麼的，即使當時再生氣，可是隔不了多久就會原諒你了。真是的，我自己都覺得自己好下賤。」

我很是感動，「莊晴，對不起。」

她瞪著我，「幹嘛向我道歉？道歉就可以讓我原諒你啦？不行，你得補償我。」

「怎麼補償？」我笑著問她，心裏已經變得輕鬆愉快了，「說吧，什麼條件我都答應你。」

她將她的頭朝我靠近了過來，低聲地對我說道：「馮笑，今天晚上我要和你睡在一起。」

我大吃一驚，「莊晴，這是病房呢。」

「我不管是在什麼地方，反正你剛才已經答應我了的。」她在我耳旁輕笑。我愕然。

「看把你給嚇的。」她去坐到了我對面，雙手放在了我辦公桌上面，頭放到了手上，她在朝我笑，很可愛的樣子。

「對了莊晴，我給你說件事情。」我急忙地轉移話題。

「說吧。」她依然在笑，眼睛調皮地朝我眨巴了幾下。

她的可愛讓我感到有些心旌搖曳，讓我不敢一直去看著她，「章院長是不是你舅舅？」

「你幹嘛問我這個？」她臉上的笑頓時沒有了。

「你先說是不是。」我說。

「算是吧。」她說。

我哭笑不得，「什麼叫算是啊？是就是，不是就不是。親戚關係有什麼含糊的？」

「他是我表舅。」她說，「幹嘛問我這個？」

我一怔，「表舅是什麼關係？」

她頓時笑了起來，「你真傻啊，就是我媽的表哥啊，這都不知道。」

我在想他們之間的那種關係，「哦，有這麼個事情，蘇醫生和我商量，想在科室裏開展試管嬰兒的業務。以前科室好像申請過的，但是醫院沒有同意。現在很多三甲醫院都已經開展了，所以我們還是想把它搞起來。這可是一筆很大的收入。」

「我可不敢去對他說這件事。我一個小護士，這件事情和我有什麼關係啊？」

她嘟著嘴巴說道。

「你今後也可以到那裏去上班啊？反正是我們婦產科的一個分支。那裏的收入可要比現在高幾倍呢。你想想，那些沒有孩子的家庭如果在我們的努力下得到了孩子，你說他們還會計較費用嗎？而且紅包大大的有呢。」我對她誘之以利。

「還不是你們醫生的收入高，我們當護士的不會有多大的好處。」她癟嘴道。

「我掙的錢還不是你的嗎？」我動之以情。

「你這話我愛聽，行，我去幫你說。說定了啊，今後你的錢就是我的錢。」她頓時高興了。

我這才發現自己說錯了話，但是已經改不過來了，「今後科室的紅包和獎金我分你一半。」

「你剛才說了啊。你的就是我的，我的也是你的。今後我們的錢合在一起，我想怎麼花就怎麼花，不准反悔！」她朝我做了個怪相。

我唯有苦笑。

我們倆一直閒聊到十一點半，她開始打哈欠，「馮笑，我睏了。」

「莊晴，你們當護士的太辛苦了，我們醫生還有值班室可以睡覺，你們卻不行，最多也就趴在那裏睡一小會兒。哎！今後有機會還是換一個工作吧。」我說。這句話完全來自於我的內心。

「你說的啊。」她朝我笑，「你既然這樣說了，今後就要給我想辦法找一個輕鬆的工作。」

我忽然想到林易的那個事情來，現在陳圓不是可以不去那裏了嗎？「莊晴，你願不願意去當老師？」

「我？當老師？你開玩笑吧？我學的是護士呢。除了當護士，我啥都不會。」

她驚訝地看著我說。

「不是傳統上的那種老師。」我急忙地解釋道，「是這樣的，就是上次問你陳圓的情況的那個病人家屬，他準備把他郊外的一棟別墅辦成一所孤兒院，那裏需要人，你覺得怎麼樣？」

「孤兒院？算了，我不喜歡和孩子在一起，我沒有那麼好的耐心，陳圓倒是很合適。」她卻即刻地道。

我不禁黯然，「那就算了吧，以後再說。」

其實我覺得她說的也對，她的性格確實不適合那樣的工作。

「馮笑，我對你有意見。」她隨即嘛嘴對我說道。

我愕然，「怎麼了？你說。」

「你怎麼老是先考慮陳圓啊？我和她不都是你的女人？」她低聲地問我道。

「你剛才也是因為這個事情才生我的氣是吧？」我問道，心裏有些慚愧，「莊晴，不是那樣的。她不是沒有工作嗎？所以這樣的事情我當然會首先想到她了。假如你沒有了工作的話，我肯定也會想到你的。」

「那我明天就辭職。」她說。

我被她的話嚇了一跳，「莊晴，別這樣啊，現在找份工作很不容易的，何況我們還是三甲醫院呢，夠不錯的了。」

「那你要把我放在心上。」她低聲地說。

我聽出了她話中的雙重意思，內心對她有過的排斥早已消散到九天雲外去了，唯有感動與溫馨，「我會的。」

「馮笑，你知道嗎？今天是我這麼些天來覺得最高興的、最幸福的一天了。我聽到你剛才的這句話，真的是太高興了。」她輕聲地對我說，聲音裏帶著哽咽。

我很慚愧，「莊晴，為什麼啊？我不值得你這樣的。」

「我覺得你值得。也許真的是我上輩子欠你的吧。自從我們兩個人有了那第一次之後，我就發現已經忘不了你了。後來，那天在茶樓裏面的時候，你的那些話讓我感動極了。雖然那是我和宋梅在演戲，但是我愈加地覺得你的可貴。我心裏非常清楚，宋梅並不喜歡我，他只是把我當成了工具。其實，我何嘗又不是把他當成了工具了呢？哎！」她歎息著說，聲音幽幽地充滿著哀怨。

「莊晴……」我猶豫著說，「宋梅他……」

「怎麼啦？」她問。

「我覺得宋梅太現實了，所以我很擔心幫他的話，今後會出事情。我真的很擔心這件事情，如果以後真的出了事情的話，常姐，還有我們，誰都跑不掉。」我說。這種擔心一直存在我心底裏，曾經多次想對她，還有常育說出口，但是我都忍住了。現在，我覺得自己不得不說了。

「那就不要再幫他了就是，現在我也覺得害怕呢，以前是我太糊塗了。不，也不是糊塗，是我鑽到錢眼裏面去了。馮笑，你不會怪我吧？」她說。

「不怪了，早怪過了。」我笑道，「不過，今天聽你這樣說，我心裏就踏實多了。哎！其實你不知道，我現在完全被他給綁架了。他答應去幫趙夢蕾，但條件卻是我必須幫他。我不幫也得幫啊。哎！再說吧，走一步看一步好了。不過莊晴，我現在還是不同意你那天對我說的那些話。趙夢蕾是我老婆，她很可憐，我背叛她已經很對不起她了，她可是什麼都知道的，包括我與你的關係，她早就知道了，可是她一直裝著什麼都不知道，從來不問我，而且一直對我那麼好。你說，如果在這時候我拋棄了她的話，我還是人嗎？」

說到這裏，我心裏感到無限的傷感，同時也很愧疚。

「真的？」她問道，很驚訝的樣子。我點頭。

「這是一個什麼樣的女人啊？」她喃喃地道，「馮笑，聽你這樣說，我覺得自己真不是人了。你老婆她，她太好了。」

我也感歎，「是啊，她總是覺得她以前結過婚，嫁給我是我吃虧了，所以才一直裝著不知道我們的事情。可是她越是這樣，我心裏就越是難受。」

現在，我猛然地想起昨天晚上的事情，還有前幾天與常育的事情來，很想狠狠地再抽自己幾個耳光。

她不再說話，我也沉默。

許久之後，她終於發出了聲音，「哎！女人太好了，比什麼都可怕。」

我沒明白她的意思，「莊晴，你說什麼？」

「沒什麼。」她搖頭道，「馮笑，我說出一句話來，你不要生氣好不好？」

我一怔，「你說吧。」

「我覺得，覺得……」她吞吞吐吐地道。

我很著急，「說啊，幹嘛這樣？」

「你真的不生氣？」她問。

「我以前說過那麼多讓你生氣的話，你都原諒了我，我是男人呢，難道還不如你？」我苦笑著說。

「那我真的說了啊？」她說，看著我依然猶豫的樣子，「馮笑，你不覺得你老婆這樣做也對你是一種綁架嗎？她對你太好了，讓你無法找到她的缺點，讓你心中只有內疚，讓你就像現在這樣乖乖地等著她從監獄裏面出來……」

我猛然地打斷了她的話，「莊晴，不是這樣的！她說了，今後她要讓律師把離婚協議送來讓我簽字。你不要這樣去懷疑她好不好？她不是那樣的人。」

我是強壓住火氣才沒有對她發怒，不過在心裏已經生氣了。我覺得莊晴的這個想法太殘酷、太不近人情了。

「哎！算我是小人吧，不過我是為了你好。我說過，我和你在一起根本就不圖什麼名分，只是覺得和你在一起很愉快，僅僅如此。可是陳圓呢？你想過她沒有？算了，算我多嘴多舌。好了，我得去趴著睡一會兒了，你去休息吧。」她說完後就站了起來朝外面走去。我沒有叫她，因為我心裏還在生氣。

洗漱完畢後去到醫生休息室睡覺。不知道是怎麼的，我有些莫名的興奮，輾轉反側多次都難以入眠。其實我內心清楚，自己這是在等待，等待莊晴來敲門。我本以為她會來的，可是她沒有，一直沒有。然而我心裏卻在期盼，總是期盼在下一秒鐘的時候會聽見敲門的聲音。

估計已經是凌晨一點過了，門外依然安靜。今天我沒有關燈，房間裏面的日光燈傳來的電流聲異常的刺耳，因為這裏除了那個聲音之外，一切都處於沉寂的狀態。那種電流聲讓我的頭嗡嗡的很是難受。一次次想起床去關掉電燈，但是卻又一次次在期盼敲門聲的響起。

再也難以入眠，因為我的心裏始終抱有希望。

膀胱裏面脹脹的，由起初的微有尿意到後來的難以忍受的脹痛。急忙起床，開門，快速朝廁所裏面跑去，使勁地憋了許久才擠出了幾滴來。不禁苦笑：自己的膀胱也在期盼啊，一切都是心理的因素。

悄悄朝護士站的方向走去，慢慢靠近，越來越近，終於，我可以從護士站的台面上看過去，可以看見裏面的莊晴了。她，正趴在裏面的桌面上睡覺，身上披了一件毛毯。

在心裏歎息了一聲，緩緩地轉身。

「來了為什麼不叫我？」猛然地，我聽見身後傳來了她的聲音，嗔怪的語氣。我身體頓時僵硬了，一會兒後才緩緩地轉身。她身上的毛毯已經不見了，她正站在那裏朝著我笑。

我尷尬地笑，「我上廁所，順便來看看你。」

「馮笑，你啥都好，就是太假了。你想什麼難道我還不知道？你真是的。」她看著我說。

我更尷尬了，「我，那你來吧。」說完後急忙朝裏面跑去。身後傳來了她的輕笑聲。

回到休息室後，還感覺到自己的心臟在「噗噗」直跳，我沒有關門，也沒有上床，就這樣呆呆地坐在床沿。天氣有些寒冷了，我卻不覺得有涼意襲來。

聽到外面傳來了腳步聲，心裏頓時激動了起來。

腳步聲越來越近，我急忙地站了起來。她出現在了門口處，身上竟然還是穿著白色的工作服，頭上的護士帽也還在。

她朝我嫣然一笑，進來了。她關上了門，反鎖，轉身，「你快點啊，我可不敢睡到你床上去。」

我愕然地看著她，卻看見她正撩起她白大衣的下擺，然後在解她腰上的皮帶……

第二天上午我去到了常育那裏。去的時候還早，所以我到食堂買了些稀飯饅頭。

我沒有自己打開門，因為我想到陳圓應該還在她這裏。

是常育來開的門。我看著她笑，「怎麼樣，還沒有吃早飯吧？我給你買了早餐。」

她看著我手上的東西，「怎麼又是稀飯饅頭？」

我笑，「早上不吃這些東西吃什麼啊？何況這東西美容呢。」

「真的？好吧，我吃。」她這才笑著從我手上接過了東西去。

我心裏暗自好笑，因為我早就明白一點：只要告訴女人說某樣東西可以美容或者減肥的話，女人一般是不會拒絕的。包括肥膩膩的豬蹄膀。有次我和趙夢蕾一起逛街，餓了後我們就決定在外邊吃飯。我發現那家小飯店裏面有紅燒蹄膀，頓時食指大動。可是趙夢蕾卻不准我吃那玩意兒，她說吃了那東西容易發胖。當時我也是說了一句：這東西美容，裏面含有大量的膠原蛋白。她當時的表情與剛才常育的差不多，「真的？」趙夢蕾問道，於是便遵從了我的意見。

女人對美容與減肥之類的東西有著天生的興趣，再加上我醫生的身分，所以我每次善意的欺騙都可以得逞。

常育自己去拿來的碗筷、盛上了稀飯後就開始吃了起來。我很詫異，「陳圓呢？」

「她昨天晚上就回去了。她太拘束了，我不忍心看她那樣子，所以就讓她回去了。」她說。

「哎，她就是這樣。她是孤兒，又曾經受到過那麼大的傷害，所以到了一個新地方後就那樣。」我說。

「你很喜歡她是不是？她也很喜歡你呢，我問她幾句話就知道了。」她笑著說。

「沒那回事。」我笑，笑得很尷尬。

她大笑，隨即把稀飯喝得「呼呼」響。我禁不住笑了起來。她也笑，「在自己家裏，在你面前，我懶得講究那麼多了，這樣多暢快。」

「姐，昨天洪雅把事情都對我講過了。」我不想再說陳圓的事情，而且我今天來的主要目的也是這件事情。

「怎麼樣？你覺得那個專案如何？」她問。

「姐，我倒是覺得不錯，不過我很擔心一點。」我斟酌著說。

「哦？你說吧，你擔心什麼？」她停止了吃東西，轉臉來看我。

「我很擔心把那地方搞成了色情場所，如果那樣的話，對你今後很危險。」我說，「女性高檔休息會所，如果使用男技師，而且還要選擇長相帥氣的男技師的話，我很擔心會出現那樣的情況。」

她頓時笑了起來，「是啊，我也擔心呢。昨天晚上你不就讓洪雅失身了嗎？是很危險。」

我張大著嘴巴看著她，「姐，我……」

她笑了笑，「沒什麼，我和她是好姐妹。其實我也一直很擔心今後出現那樣的事情，可是洪雅說不會。結果昨天晚上的事情後，她告訴我說我的擔心是對的。馮笑，呵呵！你不知道，洪雅這丫頭還在我面前狠狠地表揚了你一番呢。」

我尷尬萬分，「姐，其實我並不想那樣的，是她……」

「我知道。」她笑道，「正因為這樣，我才更加擔心今後的事情呢。馮笑，你是不是覺得奇怪，覺得我怎麼一點都不吃醋是不是？呵呵！我告訴你吧，我這個人有一個優點，那就是絕不會把本不屬於自己的人和東西獨佔。因為我們之間並沒有婚姻關係，我是你姐，你是我弟弟，就如同洪雅和我的關係一樣，她是我的好妹妹，我們三個人可以隨便一些。馮笑，我給你說啊，人與人之間的感情必須認真，但是男女關係可以隨便一些的，因為我們之間的關係並沒有受到法律的約束。比如你和那個小護士，還有小陳，我就不會管你們之間的事情。你說是不是這樣？」

「姐，你說的好像對，可是我又覺得好像不對。」我苦笑著說，「不管怎麼說你是官員，這樣的事情傳出去總不好吧？」

「那是當然。」她點頭，「馮笑，我覺得你成熟了許多，能夠替姐考慮問題了。我和你之間的關係只能很少的人知道，這是原則。洪雅這丫頭我信得過。說實話，她不和你發生關係的話我還擔心呢。這丫頭鬼精靈得很，你別看她年齡不大，但是賺錢的本事可不小。我擔心今後控制不住她。不過，這人也很難說，我總得相信別人才是對不對？」

「姐，你對那個專案究竟有什麼打算？」我問道，心裏有些明白了：她有意讓我和洪雅那樣，其實也是向對方表明一種姿態：我最喜歡的人都給你了，你也得回報我才是。

很明顯，常育是把我當成了一枚棋子。不過，我雖然明白了這一點，但是卻並不生氣。一個人生活在這個世界上，誰不是一枚棋子啊？莊晴不就是宋梅的一枚棋子嗎？我也是我們科室的一枚棋子呢，還有林易，他不也把我當成了一枚棋子嗎？而我，又何嘗不是把常育、宋梅當成了自己的棋子在使用呢？這是現實，有什麼值得生氣的？

「男技師還是要考慮的，不過要限定他們的服務範圍和人群。這件事情今後再談，我還沒有完全想好。不過你說得對，安全是第一位的。今後的那個休閒會所裏面一定要採用最高檔的消費方式，讓客人得到最大的享受，會員費再高一些也是可以的，現在的有錢人多得是，很多人有錢，但是卻孤獨寂寞，如果我們能夠給她們提供這樣一個可以享受到貴族一般的生活環境的話，她們肯定是願意來的。你說是不是？」她思索著說。

我搖頭道：「我對這些不大瞭解。」

她笑道：「今後你就會瞭解的。你也是那裏的老闆嘛。不過馮笑，我希望你在任何情況下都不要丟掉你現在的工作，因為我作為官員，當官不是一輩子的事情，很多事情都有變數，唯有自己手上的技術才是最穩當、最真實的東西。錢固然重要，但是說到底那也是身外之物。我們活在這個世界上當然應該享受最好的生活，這必須要有足夠的金錢。但是，錢太多了反而會壞事，恰當才是最重要的。這個問題比較複雜，也不好說什麼一個數字可以稱為恰當，反正我就是這個意思，希望你能夠明白。」

「嗯。」我點頭。

「我想，今後在會所裏面需要設置一個可以做婦科檢查及簡單治療的功能。這樣的話就更好了，還可以利用你的專長。對了，如果你有合適的人選的話，也可以幫我物色一兩個技術不錯的婦科醫生。你一個人肯定是不行的。」她又說道。

「好。」我點頭。心裏忽然想起一個人來。蘇華。

「這個人必須要信得過，你自己把握，到時候告訴我一聲。」她說。

「嗯。」我再次點頭，心裏覺得蘇華完全符合這個條件。

「你喜歡的那個小護士也可以來的，婦科檢查總得要護士是吧？」她笑。我也笑，不過笑的有些尷尬。

「陳圓的事情就那樣定了，明天我到單位去給人事處長講一聲就是了。」她接下來說。

「姐，謝謝你。」我真誠地道。

她看著我笑，「我說了那麼多，你都沒有說謝謝我，看來你是真的喜歡那個小丫頭啊？」

「姐，有件事情我想問你。」我急忙岔開話題，「你是副廳長，這個專案的事情，萬一你們朱廳長不同意呢？」

她頓時笑了起來，「看來你真的成熟了呢。你放心，這個專案不需要他同意了。」

「為什麼？」我很詫異。

「因為他馬上就要調離我們民政廳了。今後我主持工作，雖然還是副廳長，不過轉正是遲早的事情。」她笑著說，很得意的樣子，隨即又對我道：「馮笑，這件事情你不要對任何人講啊，我是信任你才提前告訴你的。」

「我知道了。」我說，心裏暗暗替她感到高興，同時也在替自己高興，因為這樣一來，宋梅的事情就不會有什麼障礙了。

「這件事情說起來還得感謝宋梅呢。」她說道，「宋梅這個人確實聰明，用好了對我們今後的事情很有幫助。」

「啊？」我很是詫異。

「他給我提了一個建議，讓我把他的那個專案暫時放下，於是就讓朱廳長的人先去實施，接下來他就對朱廳長和那個老闆的關係進行調查。不過我還是做得很有分寸，畢竟朱廳長能夠到那個級別也很不容易，而且官場上的人不在萬不得已的情況下不會把事情做得那麼絕。所以這次只是讓他調動了一下工作，挪了一個位置。這樣一來不是什麼問題都解決了？這個宋梅真是個人才啊。馮笑，要說謝謝的話，我才應該感謝你呢。」她很高興地對我說。

我大為驚訝，「姐，這樣啊。不過，我還是要提醒你，宋梅這個人你今後一定要注意。他太現實了，也太聰明了，有時候聰明得可怕。」

她點頭，「我知道。正因為這樣，這次針對朱廳長的事情我才沒有出面，而且也沒有讓他出面，只是讓他提供了一個思路。具體的事情他參與得很少。不過你的提醒是對的，今後我會注意。」

聽她這麼一講，我頓時放心了下來，雖然我並不知道她說的究竟是什麼意思，但是那些事情已經不是我應該關心的了。

「洪雅那個專案技工招聘和培訓的事情，你準備怎麼辦？」她吃完了飯，我急忙去收拾碗筷，她制止了我隨即問我道。

「姐，我從來沒有做過這種事情。這樣行不行？我自己先去找一位中醫方面的專家系統地學習一下按摩手法，然後再考慮招聘人員的問題。我覺得今後還是由我親自培訓他們的好，這種事情畢竟上不了台面，知道的人越少越好。」我說，其實這也是我從昨天晚上到現在想到的辦法。

「嗯，你這個想法很好。」馮笑，我很欣慰，你能夠想到這一點我真的很欣慰。此外，我覺得你應該出國一次，畢竟有些部位的按摩在國內還沒有專業人士懂得。國外某些地方應該有這方面的專業人才，你應該去那裏學習才是。」她說。

我點頭，「這倒是，不過我不知道究竟哪些國家有那樣的專業人士啊？還有就是，我得請假，這件事情也很麻煩。」

「印尼的巴厘島，還有泰國，這些地方應該都有。」她說。我發現她的臉淡淡地紅了一下，心想：難道她去過，也感受過？

我當然不好問出來，「我查一下網上。」

「關於請假的事情。」她說，沒有來看我，「如果你連請假這麼小的事情都辦不下來的話，我就很懷疑你的能力了。你說是嗎，馮笑？」

我連連點頭，「是，是！」

「我教你一個最簡單的辦法，給你們院長送禮。他如果喜歡喝酒的話，你就給他送兩瓶茅台或者五糧液，如果他喜歡抽煙的話呢，你就送給他兩條好煙。請半個月假，送這些東西足夠了。」她笑著對我說。

我心想：那倒沒必要，因為我請假直接去找我們秋主任就行了。「好辦法。」我說。

「還有件事情，這件事情非常重要。昨天洪雅不好對你講得太明白了，所以只好由我來告訴你。」她隨即又對我說道。

「你說。」我不以為意地道。

「首批的高級會員必須讓她們先體驗一次按摩的感覺。這件事情必須你親自去做。」她說道。

我大吃一驚，「姐，這可不行！」

「你必須去做。」她卻嚴肅地道，「不需要做太多，三五個人就可以了。只要有了這三五個人私下幫我們宣傳，後面的事情就很好辦的。你知道嗎？這樣的消費群體其實有固定的人群，而且她們之間隨時在保持著聯繫。」

我從內心裏不願意做這樣的事情。常育和洪雅倒也罷了，畢竟關係不一樣。如果讓我再去給其他人做的話，那我豈不成了鴨子了？這是我絕對不能夠接受的。

她在看著我，等待我的回答。

猛然地，我想到了一個辦法，「姐，我看這樣，你讓洪雅先拿出一個宣傳的方案出來，第一批會員我去聯繫。」

「哦？你還有這樣的本事？你說說看。」她很驚訝的樣子。

於是我把自己的想法告訴了她，她聽完了後沉吟著說道：「行，你先去試試，不行的話，就必須按照我剛才說的那個辦法去做。」

我只好點頭。

第九章

吃虧就是福

她的故事告誡我：今後在與政府官員接觸的時候，
一定要懂得「吃虧是福」的道理。
此外，還有一層意思：當領導的往往很無恥。
但我覺得上官的提醒非常的對。
她把我當成朋友，才把故事講給我聽的，
不然的話一切都解釋不通。

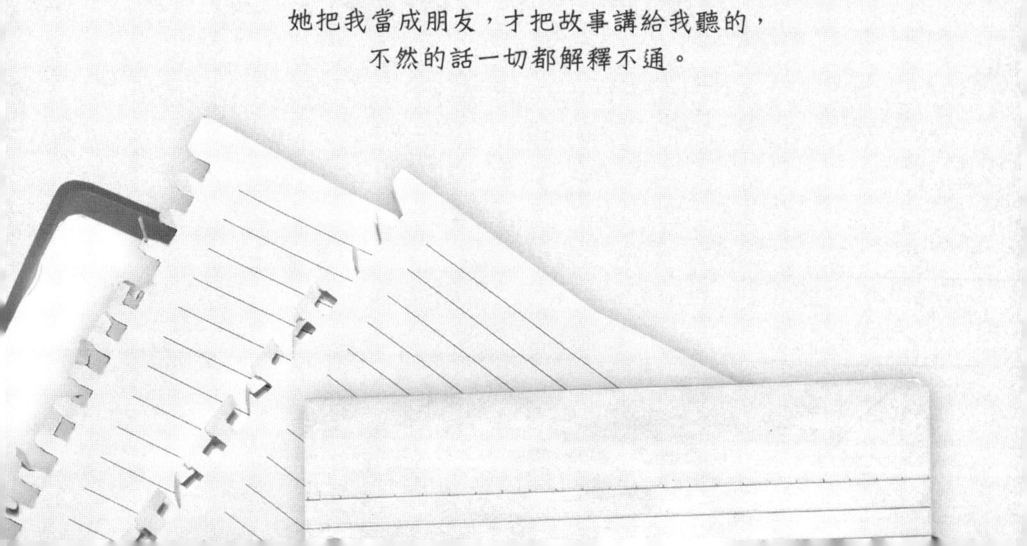

這件事情我做起來很容易。我指的是做的過程，但是還不知道結果。

我給常育講的是林易的情況，她說她知道這個人，還問了我和他究竟是什麼關係。我說，他只是我一個病人的家屬，同時把他老婆的事情簡單講了一遍。最後我對常育說：「這個人不知道是從什麼地方知道了我和你認識的事情，所以想通過我來結交你。據我所知，江南集團在我們省還是很有影響力的，這件事情如果請他出面的話，可能有一定的效果。只不過有一點需要你考慮一下，那就是你覺得他合適去做這件事情。」

常育沉吟了片刻後說道：「馮笑，首先是你自己把我們的會所想得太不堪了。今後我們的會所就是為那些富太太們服務的地方，美容、瘦身、打牌、定期舉行PARTY，又不是什麼污穢不堪的地方。行，你去找找他，說不定他還會有什麼好的建議呢。」

我頓時放心了下來，「那行，我這就去找他。」

「你等等，你先看看我有沒有感染再說。」她卻即刻對我說道。

於是我讓她躺在了沙發上面，用手電筒照著開始檢查。「嗯，不錯。不過藥還得繼續吃。」我吩咐道。

她躺在那裏輕笑，「馮笑，你們把我的毛刮了，我一點都不習慣。」

我說：「必須要刮的，不然容易感染。」

「會不會像男人的鬍子一樣，刮過後今後長出來的會很硬、很刺人啊？」她問，隨即又笑。

「不會吧？國外的那些女人經常在刮，怎麼沒聽外國男人說過刺人的話？」我回答，覺得她的問題很好笑，禁不住也笑了起來。

「不行，等它們長起來後我要你先試一下，看扎不扎人。」她笑得直打顫。我哭笑不得，「好啦，記住吃藥。我走了，有事情給我打電話。」

「你老婆的事情，我問過公安局的朋友了，他們說目前案件還處於保密階段。馮笑，你不要太過擔心，我，還有宋梅都會幫你的。哎！你也不容易。男人嘛，就要看得開一些，心情不好的時候你可以去找洪雅，她和你的那兩個小姑娘不一樣，會讓你更愉快一些的。」她坐了起來，然後對我說道。

「姐……」我還是有些尷尬。

她大笑，「好啦，在姐面前你還害羞幹嘛？男人嘛，就應該拿得起、放得下。你看我，我現在什麼都無所謂了，只要自己喜歡，什麼事情我都會去好好做。人這一輩子就幾十年，不要把自己搞得像個怨婦似的讓人看不起。明白嗎？」

我雖然並不完全認同她的話，但是我從她的話裏感受到了一種溫暖、一種關切。所以，我的內心充滿著感動。

林易的老婆還在我們科室住院。最近她的情況不錯，傷口恢復得也很好。我和蘇華商量後，把她轉到了一個單人病房，收費按照一般病床處理。

當然，這件事情必須得護士長同意。護士長知道蘇華手術的事情，她當然也不會不同意我們的這個安排，畢竟出了事情會影響整個科室的獎金，現在病人不吵不鬧了，這是一個意想不到的好事情，所以護士長不會有任何的意見。

林易沒在病房，不過我看見上官琴在裏面。

「馮醫生，不是說你今天休息嗎？」我進去後，上官琴笑著問我道。今天她穿得比較休閒，下身一條牛仔褲，上身是一件顯得有些誇張的玫瑰紅毛衣。頭髮被她梳得很精緻，顯現出來的是她漂亮的鵝蛋型的臉蛋，頭髮到了她腦後，卻變得簡單起來，就一條馬尾。不過今天的她看上去很青春、很活潑。

「是啊，我昨天晚上夜班，本來今天該休息的，但是忽然想起病房裏面有件事情沒有處理好，所以就回來看看了。」我說。

「馮醫生真敬業啊。」她表揚了我一句。

我本來是來找林易的，心想即使他不在，通過他老婆轉達一下我想見他的意圖也好的，畢竟我才與林易見過一次面，我覺得直接給他電話會顯得有些唐突。

「我看看你的傷口。」我朝上官琴笑了笑，然後對林易的老婆說道。

她撩起了她的衣服，傷口上面的紗布露出來了，「今天怎麼還沒換藥？」我問道，因為我發現不是新紗布。

「今天秋主任來查房，她說從現在起，每三天換一次藥。」她回答說。

我一怔，頓時明白了秋主任的意思了，隨即微笑道：「哦，她的意見是對的。本來我是想過幾天這樣，因為你的傷口已經在開始癒合，在這種情況下頻繁換藥反而會對傷口造成刺激，會影響癒合，或者造成傷口周圍組織的增生。」

我說著，輕輕揭開了紗布，發現她的傷口很乾淨，沒有紅腫，線縫處也很清晰。「蘇醫生的手術有一點就是不錯，傷口很小，她很注意美觀。」我順帶表揚了蘇華一句。

「這倒是，她要是不粗心就好了。」林易的老婆說，同時在笑。我心情大好，因為她的話已經表明她本人不再對蘇華有多大的不滿了。

輕輕在她傷口周圍按壓了幾下，嘴裏在問：「怎麼樣？有沒有感到不舒服？」

「有點輕微的脹痛。」她回答說。

我點頭，「這是正常的。沒事，我估計最多還有一周就可以出院了。不過要注意不要感冒，千萬不要咳嗽，凡是增加腹壓的動作都不能有。」我吩咐道。

「嗯，馮醫生，我的傷口最近老是發癢，這怎麼辦啊？」她問道。

我頓時笑了起來，「傷口發癢表示是在長肉呢。好事情。不過要忍住，實在忍不住的話就用手輕輕拍幾下。」

旁邊的上官琴在笑，「馮醫生，想不到你對待病人的態度還蠻不錯的嘛，我在旁邊聽你說話就覺得很溫暖、很舒服呢。」

「是啊，馮醫生對病人態度很好的，很多病人都表揚他呢。」林易的老婆也說。雖然我是男人，即使我臉皮再厚也承受不了這樣當面的讚揚。我頓時扭捏起來，「應該的，應該的！」

上官琴掩嘴而笑，「想不到馮醫生也有害羞的時候。」

我更加不好意思起來了，「我還有事情，你們有事的話直接找我吧。」說完後就想趕快離開這個病房。

「馮醫生。」上官叫住了我。

「上官小姐，有什麼事情嗎？」我轉身問道。

「別叫我小姐！」我想不到她竟氣急敗壞，「小姐指的是什麼你知道嗎？」

我茫然，「不就是年輕女性嗎？尊稱呢。」

「你還是婦產科醫生呢。小姐是那種女人！你是真不知道還是假不知道？」她瞪著我說道。

其實我以前聽說過那種說法，不過我內心並不接受人們把「小姐」這個詞與那樣的女人等同，所以剛才一時間沒有反應過來，現在看見她氣急敗壞的樣子，我只好繼續裝著不知道。「是嗎？對不起啊。我真的不知道。對了，上官，說吧，什麼事情？我叫你上官總可以吧？像叫我上級一樣，差一個字就成長官了。」

「馮醫生，你討厭！」她嬌嗔地道。

我急忙斂神，因為這是病房，像這樣打情罵俏的很不好。隨即看著她，臉色沉靜。

「林總讓我作為你今後的聯繫人，本來想給你打電話的，但是我想了一下，還是覺得直接來找你的好，電話上很多事情說不清楚。」她說，臉上是迷人的笑容。

「哦，我還正想找林總說件事情呢。」我說，去看了林易的老婆一眼，「不知道林總今天有空沒有？」

「林總出國了，今天早上走的。他吩咐我說有什麼事情你可以直接跟我說，我決定不了的事情，再請示他。」她說。

我點頭，「這樣吧，我們換個地方說。」

「不用，正好施姐在這裏。施姐，您說呢？」上官去問林易的老婆。我當然知道她的名字，她是我的病人。她叫施燕妮。

「你們換個地方談吧，我在住院，有些事情我就不管了。上官，既然你老闆把事情交辦給了你，你就全權負責吧。」林易的老婆說。

「施姐，那我們出去了啊，一會兒小張就到了。」上官對她說。

施燕妮笑了笑，「去吧，現在正好中午了，你請馮醫生吃頓飯，替我敬他一杯酒。馮醫生，謝謝你了，謝謝你對我的關照。」

她這樣說讓我感到很慚愧，「林太太，對不起，我們應該向你道歉才是。」

她淡淡地笑，「現在大家都是熟人了，別再那麼客氣。今後大家在一起的時間還長呢。馮醫生，去吧，有什麼事情直接給上官講就是。」

我點頭，心裏頓時明白：她已經知道了林易所有的意圖了。看來這個女人也非同尋常啊。一個身受傷害，但是卻可以為了丈夫的事情原諒他人的女人，這本身就是一種不平常。這樣的事情或許只有趙夢蕾可以做到。

忽然想起趙夢蕾來，我心裏不禁感到一陣刺痛。

「馮醫生，周圍有你熟悉的地方嗎？」出了病房後，上官問我道。我這才注意到她竟然比我矮不了多少，剛才我只是注意到了她雙腿的修長。

「隨便吧，清靜就行。」我說，忽然去問她：「你多高啊？」

她笑，「怎麼？你不會感到有壓力吧？我一米七二。你至少一米八，是吧？」

我點頭，「女孩子一米七二夠嚇人的了。」

「也好也不好。」她輕笑道，「高了穿衣服雖然好看，但是不好找男朋友，像你這樣帥的男人太少了。」

我覺得她的話顯得有些輕佻，「還是很多的，主要還是你自己太挑剔了。」

說著我們就到了醫院的大門外，她拿出遙控器摁了一下，我看見前面不遠處一輛漂亮的小轎車閃了一下燈光。我看著她笑，「喲！你們公司待遇不錯嘛。」

「還可以吧，今後還希望馮大醫生多關照啊，讓我儘快把這輛雅閣換成寶馬、賓士什麼的。」她笑道。隨即，她輕輕地打開車門，右手輕扶住車門，身體微微側轉，右腳輕抬、然後進入車內。隨即坐下，與此同時，她的左手同時扶住車門邊框，坐下後才緩慢將左腳縮入車內……看著她上車，我的腦海裏頓時跳出「優雅」這個詞來，特別是她修長的腿給我留下了令人心顫的美好印象。

「上車啊？怎麼？傻了？」她看著我呆呆的樣子笑著招呼我道。

「哦，好！」我這才醒悟過來，快速去打開了副駕的車門。

座位很舒服，車內還散發有一種淡淡的茉莉香味。她發動了車，車在緩緩地前行。我發現她開車的動作也很優雅。優雅這東西不好說，只是一種感覺。現在她給我的感覺就是：她開車的姿勢很好看。

「你不會開車嗎？怎麼這樣看著我？」她笑著問我道。

「你開車開得真好……呵呵！我還不會開呢。」我說，很羨慕地看著她。

「我教你好不好？很好學的。」她說。

「我天天上班，哪有時間？」我說。

「週末啊，怎麼樣？」她將車開離了醫院，匯入到了馬路上的車流之中。

「星期六我上門診，只有星期天了。」我說。其實我心裏還是很想學的。現代男人對汽車有著一種天生的喜好，就如同古代男人喜好烈馬一樣。

「好，那就星期天吧，到時候我給你打電話。」她說。

轎車在城南一處別墅社區的外邊停下。這是一片徽式建築，青磚碧瓦，古色古香。前面不遠處還有一道像牌坊樣的東西，上面有著三個黑色的字：江南坊。

「這裏有家酒樓不錯。」下車後她笑著對我說。

走著走著，我看見眼前是一處庭院似的建築，依然是徽式風格，大門上面一塊漂亮的木匾，木匾上是四個蒼勁有力的大字：江南春色。

「走吧，我們進去。」我說，「這地方不錯，我請你吧。」

「你是男人，你請我是應該的。」她笑著說，「不過只能由我付錢。因為這是我們老闆娘吩咐了的。我可不敢違背，不然被開除了的話可不划算。」

「都行，我們主要是談事情。」我說。

「你很無趣。」她不滿地道。

我不禁笑了起來，「我是婦產科醫生，太幽默了會被人看成是油嘴滑舌的。如果是那樣的話，誰還敢來找我看病？」

她點頭道：「那倒是。呵呵！以前我以為你們婦產科就是接生的地方，現在才知道並不是那樣。原來你們主要的工作是看病和治病啊。」

「是啊。婦產科，當然就包括了婦科和產科了。這很好理解吧？」我說，隨即跟著她往裏面走。

裏面是一道連廊，連廊的兩側是花草樹木，鬱鬱蔥蔥。再往前，連廊的右側便出現了一泓清水，裏面有紅色的鯉魚在游動，煞是好看。連廊不是很長，中途拐了兩道彎，盡頭處是一排兩層樓的中式建築，紅色的柱子，依然是青磚碧瓦。不過紅色的柱子讓這裏顯得生動了許多。

「這一片都是酒樓的雅間。」她說，「現在是中午，估計雅間還沒客滿，要是晚上的話，就必須要預定了。」

「這地方不是你們集團的？」我問道。

「房屋的產權是我們的，不過酒樓是別人的，他們租用了我們房產。這個老闆很有眼光，太會賺錢了，這裏畢竟是高檔社區，消費水準很高，像這樣具有特色的酒樓不想賺錢都不行。」她介紹說。

看著周圍的一切，我也感歎：是啊，這樣的地方誰不喜歡呢？在這裏請客的話也是一種身分的象徵啊。

果然還有雅間。看得出來，服務員對她很熟悉。

她點的菜，還要了一瓶酒。五糧液。

她笑，隨即與我碰杯，「來，為了合作愉快。」

「合作？」我詫異地問。

「是啊，林總讓我專門聯繫你，這不就是讓我們合作嗎？」她笑著說。

我點頭，心想：看來林易真的是想搭上這條線啊，這個人有些意思。「還別說，今天我還真的想和你談一個專案。這可是常廳長交辦的。我想，如果你們林總能夠幫上這個忙的話，今後什麼事情就好辦了。」

「哦？你說說。」她大感興趣。

我們一邊吃東西一邊喝酒，同時我簡要地將那個專案的事情說了一下。還別說，菜的味道真的很不錯。

她聽完後開始沉吟。我沒有理會她，因為我覺得這樣的事情她可能做不了主。

「馮大哥，我今後私下就這樣叫你吧，可以嗎？」一會兒後，她終於說話了。

「行啊。」我說。被美女認可總是一件好事情，我豈有不認可的道理？

「來，我敬你一杯。謝謝你給了我們這個機會。」她朝我舉杯。

我驚訝地看著她，「怎麼？你答應了？」

「這件事情交給我好了。」她笑著說，「不過，我有個條件。」

我很是高興，「你說。」

「我們得入股。」她說道，「馮大哥，我先申明啊，不是我們想從中賺錢才考慮入股的，我主要是想到常廳長的身分。雖然那位洪女士是生意人，但是我覺得她很難撐起這樣的專案。你想，今後進入休閒會所的都是有頭有臉的人物，萬一中間出現了什麼差錯的話，誰來處理？我想，那位洪女士也只能去找常廳長。這樣一來的話，就很可能影響到常廳長的前途。有我們在就不存在這個問題了，因為我們畢竟在江南省有著很深的根基。我說的這個根基，不知道你明白不明白？」

「你說吧，我是醫生，很少接觸社會的。」我說。

「實話對你講吧馮大哥，我們林總在江南省雖然與最上層的關係還沒有建立起來，但是在下面的很多部門還是有一定的人脈關係的，就是江南省的黑道，我們林總說了話他們也得聽一部分的。」她說。

我很是吃驚，「黑道？你說的是黑社會？我們江南有黑社會嗎？」

她笑了笑，「馮大哥，這樣的話我只能說到這種程度。來，我們喝酒。」

「你們入股的事情，我要問了常廳長再說。」喝下了這杯酒後我說道。

她點頭，「當然，不過我相信常廳長會同意的。而且，我還建議把民政廳的那處庫房給買下來，這樣才一勞永逸。」

「你也看好這個專案？」我問道。

她點頭，「當然。如果常廳長同意我的意見的話，我很想馬上和那位洪女士見面。我覺得她很厲害，能夠想到搞這個專案的人，應該不是一般的人。」

「上官，這件事情你不需要請示林總嗎？」我問道，其實是擔心她做不了主。

她笑，「林總讓我全權處理我們交往過程中一般的事務。這件事情就投資而言，在我們集團只算得上是一般事務啊。所以，我完全可以決定。」

我點頭，「那就好。」

其實，在我的心裏還是很震驚的：她一個助理，竟然有如此大的權力和膽識，看來江南集團能夠發展到今天，自然有它的道理。

接下來我們就沒有再談正事了，完全是閒聊。正事了結之後，我的心情自然愉快，因為這樣一來，至少可以讓我免去了給那些富婆做按摩的事情。

「馮大哥，我給你講個故事。」一瓶酒要喝完的時候，上官笑著對我說道。

「好啊。」我說。

「這個故事是林總講給我們聽的。」她又道。

「哦？那我就更想聽了呢。」我說，真的來了興趣。

「這天是週末，按照慣例，單位的人又要聚在一塊喝酒。馬局長說這是深入基層、聯繫群眾的最佳途徑。馬局長喜歡吃魚，在點菜的時候自然少不了點這道菜。酒過三巡，菜過五味，魚端上來了。服務小姐認識馬局長，在往餐桌上放菜時很識相地把魚頭對準了他。不待大夥提議，馬局長就豪爽地連喝了三杯魚頭酒。他放下酒杯，就開始分配盤中的魚。

「首先，馬局長用筷子非常嫻熟地把魚眼挑出來，給他左右兩邊的兩位副局長一人一個，他說這叫高看一眼，希望二位今後一如既往地配合我的工作。兩個副局長面帶微笑，感動地說謝謝馬局長，我們一定不辜負您的期望，全力支持您開展工作。

「隨後，馬局長把魚骨頭剔出來，夾給了財務科長，說這叫中流砥柱，你是我們局的骨幹這個自然歸你。財務科長受寵若驚，說謝謝老闆。

「接著，馬局長把魚嘴給了他的表妹，說這叫唇齒相依。馬局長的表妹就拋給他一個源遠流長的媚眼，說謝謝馬哥。

「又接著，馬局長把魚尾巴給了辦公室主任，說這叫委以重任。辦公室主任感激涕零，說謝謝老大。

「再接著，馬局長把魚肚子給了策劃部主任，說這叫推心置腹。策劃部主任點頭哈腰，說謝謝局長。然後，馬局長把魚鰭給了行政部主任，說這叫展翅高飛，你是咱們局離局長最近的精英，絕對會步步高升的。行政部主任滿臉笑顏，說還望局長多多栽培。最後，馬局長把魚腚給了工會主席，說這叫定有後福。

「此時，盤子裏只剩下了一堆魚肉了，馬局長苦笑著搖搖頭，歎了一口氣說，這個爛攤子還得由我收拾，誰讓我是局長呢？

「馮大哥，這個故事我們林總經常講給我們聽，其中的道理我就不多說了。也許是我今天喝多了酒，不過我覺得自己與你很投緣，所以才忍不住把這個故事也講給你聽。希望你能夠明白其中的意思。」

我愕然地看著她，搖頭道：「我很笨，不過我會好好思考這個故事的。」

她又笑道：「這個故事你聽了就聽了，如果別人問起來，我是不會承認是我講的。呵呵！馮大哥，我可是一片好心。其實呢，是你剛才說你是醫生，對這個社會不怎麼瞭解，所以我才覺得要把這個故事講給你聽的。我的意思你明白嗎？」

她的這句話我當然明白了，急忙地道：「你放心好了，我還不至於笨到那個程度。」

她大笑，「你不是笨，而是你太單純了。馮大哥，我相信，也許明年的今天你就完全不一樣啦，那時候我還要多請你關照呢。馮大哥，到時候你可不要忘了我這個妹妹喲？」

「怎麼會呢？」我訕訕地說。

後來依然是她把我送回家，一路上我們有說有笑的，我心裏也覺得很愉快，因為我覺得今天的這頓午飯吃得非常的有意義。

首先是基本上解決了那個問題，其次是她的那個故事。現在我已經明白了，她的那個故事其實是在告誡我：今後在與政府官員接觸的時候，一定要懂得「吃虧是福」的道理。當然，她的那個故事還有一層意思：當領導的往往很無恥。雖然我並不認為常育是那樣的人，但是我覺得上官的提醒非常的對。她是真的把我當成了朋友，才會把那個故事講給我聽的，不然的話一切都解釋不通。

也許是她真的喝醉了。因為我發現她剛才在開車的時候幾次出現了讓車左右晃動的情況，幸好我及時地提醒了她。不過每次提醒之後她都在發出大笑。

一覺睡到晚上，酒後睡覺真的很香。也許是因為中午的酒和氣氛讓我完全放鬆了的緣故。饑餓讓我醒了過來，可是我不想做飯。

家裏冷冷清清的，茶几、餐桌上已經佈滿了灰塵。我心裏頓時蕭索起來。準備下樓去吃點東西，忽然想起去翻看手機，因為我擔心下午在睡覺的過程中會有未接來電。

果然有，而且還有很多。睡覺之前我把衣服扔到了客廳的沙發上，手機在外套的兜裏。其實我的內心本來就不想有人來打攪我的睡眠。最近一段時間來，我的睡眠太不足了。

未接來電中是兩個人的，莊晴打來了五次，洪雅有三次。急忙回電。

「幹嘛不接電話？」洪雅的聲音很不高興。

「中午喝了點酒。」我說。

「我和常姐正準備吃飯，剛好點完了菜，你來吧。」她說，隨即告訴我地方。

「馬上啊，我正餓了呢。」我急忙地道，隨即出門上電梯。

「幹嘛不接電話呢？睡著了？」莊晴問我。

「是啊，睡著了。」我說。

「本來我想到你家裏來的，但是怕你不高興。」她說。

「什麼事情啊？」我問道。

「今天你不是休息嗎？我和陳圓都想和你一起吃頓飯呢。你不知道，我們倆可餓壞啦。」她說，隨即在輕笑。

我有些慚愧，「今天晚上不行啊。我還有事情。對了，我有好消息要告訴你，你想換工作的事情我辦好了。」

「真的？什麼工作？你快告訴我。」她頓時高興了起來。

「這樣吧，我馬上要去吃飯，電話上說不方便。我吃完飯後如果有時間的話，再與你聯繫。」我說，忽然想起一種可能來，「對了，你千萬不要給我打電話啊，你告訴陳圓，叫她也不要打。」

「你，你是與女人在一起吃飯吧？」她問，聲音不高興起來，我腦海裏頓時浮現出她嘛嘴的樣子。

「是常廳長，我們要談事情，而且那件事情與你今後的工作有關係。」我故意放低了聲音對她說道。

「哦，這樣啊，那好吧。哎！只好我和陳圓去吃飯了，真無趣。」她懶洋洋地道，隨即聲音猛然地大了起來，「馮笑，我們準備去吃海鮮，你要給我們報賬！」

我大笑。

第十章

出血的手術傷口

「常姐出事了！」我說，衣服已經穿好。

「什麼事情？我也去。」她也驚慌起來。

「你別去，我去就可以了。」我說。

「喂！」她在身後叫我，我沒有理會她，直接出了門。

我心裏很慌亂，因為在電話裏聽到了男人的聲音後，我首先想到的只有一種可能——常育才做手術的傷口。

而且，我已經猜測到那個男人是誰了。

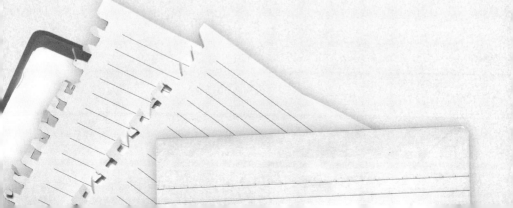

在去往酒店的路上，我忽然又想起了上官的那個故事。我猛然地感覺到：她的那個故事似乎並不是那麼簡單，故事裏包含的意思可能要比我想像的深奧得多。

我想，如果把那條魚比作是社會財富，把馬局長看成是社會財富的分配者的話，這個故事不正折射出我們每一個人的人生嗎？或許，這個故事還有更深一層的含義。

上官讓我好好思考這個故事，可是我實在思考不出它可能包含的更深刻的東西了。下次見到林易的時候問問他。我心裏想道。

常育和洪雅在一個小雅間裏面，我進去後發現兩個人今天特別的漂亮。她們都化了淡妝，常育穿的是一件白色的羊絨毛衣，而洪雅卻是淡黃色的。看著她們兩個人風姿綽約的樣子，我心裏不禁一蕩。

「馮笑，我們要罰你的酒。」我進去後，洪雅就開始大聲嚷嚷。

「我還不是為了工作？」我急忙地道，「中午喝酒了，不過事情已經有了眉目。」

「哦？你說說。」洪雅詫異地看著我。

於是我把自己與上官交談的情況講述了一遍，最後我說道：「現在的問題是他們要求入股的問題。」

「常姐，你看……」洪雅去看常育。

「上官小姐說得有道理。」常育思索著說，「不過，這裏面有兩個問題。」

我和洪雅都看著她。

「第一個問題，他們占多少股份。第二個問題，馮笑，上官沒有明確說她會去聯繫哪些客戶嗎？」常育問道。

我一怔，隨即搖頭道：「沒有，她只是說他們可以辦這件事情。」

她點頭，「這就是了，我倒不擔心他們辦不好這件事情，我擔心的是他們辦得太好了。」

「常姐，你這話是什麼意思？」我莫名其妙地問，洪雅也是一臉的茫然。

「如果他們真的去一個個聯繫那些有錢、有身分的女人倒還好，但是，萬一他們採用直接購買貴賓卡的方式呢怎麼辦？比如，他們公司一次性購買十張貴賓卡，雖然我們得到了幾百萬近千萬的資金，但是今後客戶沒有啊？這樣一來就根本無法達到我們儘快擴展客戶的目的啊。你們說是不是？」她說。

「常姐擔心得很有道理。」洪雅說。

我搖頭道：「不會吧？他們也要入股的，這種自欺欺人的辦法他們不會做吧？對了，她還提出最好把那處庫房買過來呢。」

常育去看洪雅，「你看，這正是我最擔心的事情，庫房那塊地是屬於民政廳的，是國有土地，他們為什麼想買過來？我看啊，他們還是想搞房地產。他們入股，然後把我們拉進去。這樣雖然可以賺到更多的錢，但是風險太大啊。你們想想，他們假如按照我擔心的那種方式，一次性購買我們十張貴賓卡甚至更多，然後我們開張後卻發現根本就沒有客源，於是就只好關門大吉，這時候他們再提出搞房地產開發的話，我們還有其他退路嗎？」

我大為震驚，因為我想不到這裏面竟然還可能隱藏著如此厲害的陰謀。這個上官琴，真是了不得！

「那怎麼辦？」我問道，現在我才發現自己真的很笨了。

常育笑道：「既然他們答應了，這就是好事情。不過你要去向對方點明，而且要求合同裏面寫清楚我們的方式。」

我點頭，覺得這倒是一個不錯的辦法，而且還很可行。

「常姐，我倒是覺得房地產專案也不錯啊。那個地方可是黃金地段，現在買下來倒是很不錯的。」洪雅忽然地道。

常育搖頭道：「我才到民政廳不久，現在也是剛剛開始主持工作，這樣的事情放一下最好。租用倒是無所謂，反而會讓單位的人覺得給他們帶來了創收。出讓資源，這影響不好。至少目前還不可以。」

「常姐，你呀，有時候就是膽子太小了。這有什麼嘛，一手交錢一手交貨的事情，別人還能說什麼啊？那塊地正好可以修一棟高樓，地下修成車庫，平街一到二層設計成商場，上面建成商住房，頂上兩層用於我們的休閒會所。這樣一舉多得多好？」洪雅說道。

我頓時也覺得洪雅的想法很對，因為這樣一來就可以解決所有的問題，而且利潤更大。雖然我不懂，但是可以想像得到。不過我沒有說出來，因為我不知道常育的真實想法。

常育在思索。洪雅來看我，嘴巴朝常育努了努，意思是讓我趕快說話。

我苦笑著朝她微微地搖頭。她瞪了我一眼。

我咳嗽了一聲，「姐，我倒是覺得洪雅的意見不錯。雖然你剛剛開始主持工作，但只要這個專案不影響到你們單位的利益就行啊。我不大懂這裏面的東西，不過我覺得可以採用兩種方式處理這件事情。」

常育抬起頭來看我，很詫異的神色，「你說。」

「第一種方式，你可以安排一位你的下屬來處理這件事情。如果那個地方是屬於你們廳下屬的某個局裏面的房產的話，就由局裏面出面來談這件事情。這樣一來對你的影響也就不那麼大了。第二種方式呢，我覺得可以採用聯合開發的辦法。也就是說，由你們民政廳出土地，我們這邊出資金，聯合起來把那塊地打造出來。這樣一來的話，雙方就有利益了。你們單位的人也就不會再說什麼了。」我說。剛才洪雅在說這件事情的時候，我忽然冒出了這個想法。

常育驚訝地看著我，隨即去問洪雅，「你沒發現吧？馮笑竟然有這樣的思路。」

我一時間沒有明白她的意思，還以為她是在笑話我，「常姐，我胡亂說的。我真的不懂。」

洪雅說：「是啊，我也很吃驚呢。馮笑，看不出來你還很有商業頭腦的嘛。我怎麼沒有想到你說的這種方式？」

常育說：「我們這是當局者迷，馮笑是旁觀者清。馮笑，你說的第一種方式不可行，還不如我直接出面，那樣做完全是欲蓋彌彰，搞不好的話會弄巧成拙。第二個辦法不錯，很有創意。我再好好想想。好啦，我們好好吃飯吧，一頓飯充滿了銅臭，馮笑，得罰你的酒。都是你，一來就說什麼專案的事情。」

「好，我認罰。」我心裏很高興，因為被她認同畢竟是一件值得得意的事情。

於是我自己去拿了一個酒杯，將她們的酒杯以及我自己的兩個杯子都倒上，左手去與常育碰，右手去碰洪雅的酒杯，「我一起敬你們兩個。」

「這樣好。」常育說，隨即笑道：「一會兒你也一個人陪我們兩個吧。」

我頓時怔住了，「姐……」

「常姐，虧你說得出來。」洪雅的臉也紅了。

「洪雅，我和你這麼好的姐妹關係，馮笑也是我的弟弟。這有什麼嘛。我們三個人是好朋友，一起玩玩，只要不動感情就行，你說是不是？」常育媚笑著對洪雅說，同時看了我一眼。她眼波蕩漾，迷人至極。我心裏猛然地一顫，急忙移開自己的目光，卻發現洪雅正在看我，她的眼神也很嬌媚迷人。我心裏一顫，「你們，別這樣啊。」

常育大笑，「洪雅，你看，我們兩個人可把人家嚇壞了。」

「就是，常姐，還不是你，把我們兩個人說得像女流氓似的。」洪雅也大笑。

我不禁苦笑，「你們兩個啊，有你們這樣開玩笑的嗎？」

「哎！我今天真高興，很久沒有像這樣開心過了。」常育歎息著說。

「馮笑，常姐好不容易這樣高興，你怎麼不敬她一杯酒啊？」旁邊的洪雅即刻對我說道。

我搖頭，「常姐，你最近最好少喝酒。這樣吧，我給你講個笑話。」

洪雅在，我不可能把常育做手術的事情說出來。

可是，洪雅卻已經感到奇怪了，「常姐，你幹嘛不能喝酒？」

常育狠狠瞪了我一眼，我急忙地道：「常姐最近幾天感冒，胃也不大舒服。」

洪雅說：「哦，這樣啊，那常姐就少喝點吧。馮笑，來，我陪你喝。」

常育這才看著我笑，「好，你們兩個喝，我好好吃點東西。」

接下來洪雅頻頻向我舉杯，她白皙的肌膚早已經變得通紅，眼裏波光蕩漾，我幾次去看她後都差點難以自制。我發現，皮膚白皙的女人在喝酒後，在膚色變得通紅後，會讓人感覺到更加的迷人。那是一種特別的風情，她綻放出的那種風情讓我心生蕩漾，腦子裏老是會情不自禁地漂浮出上次我和她在一起時的那些鏡頭。

我覺得自己有些興奮了，主動和她碰杯了。

「好啦，別喝了，再喝的話就要醉啦。」這時候常育說話了。

我興奮得有些難受，總覺得還差那麼一點酒精，所以還有一種想要繼續喝下去的衝動。「姐，我們再喝點，一點點。」我說。

「那我陪你再喝一杯。」洪雅說道。

「得，我們三個人一起喝吧，算是今天的團圓酒。」常育說。

我們三個人喝下了，可是我還是覺得差了那麼點，正準備再提議喝點，卻見常育在瞪我，「馮笑，好啦，濫酒不是好習慣。」

我只好作罷。

「常姐，這樣吧，我看馮笑還沒有喝好，去我家裏再喝點，喝醉了也影響不大。」洪雅說。

常育媚笑著來看我，「好吧。」

我猛然地意識到接下來會發生點什麼事情，但是卻無法推脫。反而地，我發現自己的內心還有著一種強烈的期盼。

是洪雅開的車。

電梯裏，她們兩個人看著我笑。我從她們的眼裏看出了欲望，頓時感覺到自己像一隻待斬的羔羊。不過，我發現自己很喜歡這樣的感覺，而且暗想：一會兒誰斬誰還很難說呢。

「幹嘛這樣看著我？」我問她們道，心裏暗暗覺得好笑。

「馮笑，你是真傻還是假裝的啊？」洪雅笑著問我，隨即來挽住了我的胳膊。

「洪雅，別這樣，電梯裏面有攝影機的。」常育即刻地道。

「這樣正好啊，反正我是一個人，我和他親熱，不就正說明和你沒關係了嗎？」洪雅笑著說，唇已經來到了我一側的臉頰上。

「看來你真的是喝多了，酒瘋子。」常育苦笑著搖頭，卻沒有再去阻止她。

其實，她們倆這樣反倒讓我覺得輕鬆了許多，因為我頓時感覺到自己對她們沒有了什麼責任。哪有女人愛上一個男人後，願意讓另外的女人分享的？現在的情況正如同常育今天在飯桌上所說的那樣：我們只是朋友，玩玩而已。

趙夢蕾出事情後我極度寂寞、空虛。雖然心裏依然有一種覺得對不起她的感覺，但是一旦進入到這樣的場景後，就再也不能自拔。人的內心都是軟弱的，隨時都會動搖的。情感、倫理的東西在現實面前有時不如一張薄薄的紙，很容易就被擊穿、粉碎。

人的欲望是一種可怕的東西。

那天，雖然我批評了莊晴，批評她的那些話太過殘酷，但是我發現，在自己的潛意識裏還是有些贊同她的話的。每一次理智與欲望的戰鬥，都是欲望佔據了上風，我發現自己真的很脆弱。

下了電梯，洪雅開門。我卻忽然發現常育不見了。

「人呢？」我悄悄問洪雅。

「她在後面，她是官員，小心一些比較好。」她說。

我看著她笑，「原來你們早就商量好了今天晚上幹壞事啊？不然的話，心虛什麼？」

「你討厭！誰心虛了？」她輕輕地打了我一下，隨即笑了起來，「倒也是啊，你說的好像也對，不過心虛是人的本性吧。」

看著她嬌媚的樣子，我再也忍不住地去攬住了她的柔腰，隨即狠狠地親吻到了她鮮豔奪目的唇上。她的身體頓時軟了，舌尖在我的唇裏面顫動。

「你們兩個，門都不關。」猛然地，我聽見耳旁傳來了常育的聲音，急忙將洪雅放開。

她關上了門，「你們繼續。」

我忽然想起常育的手術，「姐，你……」

「你們做，我看。」她朝我怪笑。

「常姐，你好壞，不是說好了嗎？我們一起來。」洪雅的臉更紅了。

「我不方便，大姨媽來了。」常育說。

我也覺得她在旁邊看著有些匪夷所思，急忙地道：「酒呢？我們不是說了喝酒的嗎？」

「不要喝酒了，馮笑，你和她玩，姐在旁邊看，我還從來沒有現場看過別人玩過呢。」常育說。

我不禁駭然，「姐，這樣不好吧？」

「現在我是女人，是你姐。不是什麼廳長。馮笑，你就讓姐滿足一次吧。洪雅，你不會反對吧？」常育笑著對我們兩個人說。

「常姐，這樣不好。我……這樣也太那個了，除非我們三個人一起來。」洪雅說，臉上的紅色褪去了不少，有些泛白。

我的酒勁也頓時消散了許多，急忙地道：「姐，這樣真的不好。」

「三個人在一起，與我在旁邊看有什麼區別嗎？」常育笑道。

洪雅來看我，我苦笑道：「我是男的，你同意的話，我沒意見。」

「聽話啊。」常育對洪雅說，臉上似笑非笑。

「馮笑，來吧。」洪雅對我說。我發現她臉上的笑很勉強。

正在這時候，常育的手機響了起來。我心裏不住地念叨著「阿彌陀佛」——但願她有急事，但願她有急事……

她在接聽電話，臉色變了，「我在朋友家裏，嗯，我馬上來。」

我長長地鬆了一口氣。

「你們玩，我有急事，先走了。」常育掛斷電話後對我們說道。

「我也回去了。」我急忙地道。

「你別走。」常育朝我笑了笑，「洪雅，對不起，姐今天有些過分了。」

「沒事。」洪雅說，臉上的笑依然不大自然。

常育離開了。

「馮笑，今天是我喝多了。」洪雅對我說，神色尷尬。

「你們真的商量過一起和我那樣？」現在我清醒多了，自己也覺得自己開始的那種衝動和想法太過過分了，簡直像禽獸！我在心裏暗暗罵自己。

「沒有，只是開玩笑，誰知道她當真了呢？」她的臉紅著說，「馮笑，你發現沒有？常姐最近好像變了個人似的，這樣下去對她今後的仕途不利啊。你想想，不管怎麼說她都是官員，而且級別還不低，這樣的事情萬一要是傳出去了的話，怎麼得了？我們三個人在一起倒是無所謂，但是她能夠控制她自己在其他場合不像這樣放浪形骸嗎？馮笑，我真的很擔心，你是醫生，應該懂得一些心理學方面的東西吧？有時間的話，你和她好好談談。」

我點頭，「是應該和她好好談談了，不過洪雅，我覺得我們也有責任，今天我和你好像都喝興奮了，而且我們都太迎合她了。你說得對，今後這樣的事情我們倆都得制止她才行，她畢竟是官員，和我們不一樣。」

「是啊。」她說，隨即來瞟了我一眼，一種別樣的風情頓時向我襲來，我情不自禁地去將她抱住，「來，我再給你按摩、按摩。」

「你好壞……」她說，身體再次癱軟。

我將她橫抱，去到臥室。「洪雅，你說常姐這麼急著離開，究竟會是什麼事情？」

「肯定不是一般的急事啊，馮笑，別說這個了，破壞我們倆的情緒。」她說。

我頓時笑了起來，「洪雅，你說我們倆這樣像什麼？」

「像什麼？」她問。

「姦夫淫婦。」我說。

她「吃吃」地笑，「胡說，人家還沒結婚呢。」

「那就是一對狗男女。」我大笑。

她狠狠地掐了我一下，「你傻啊，有這麼說自己的嗎？」

酒後，我發現自己特別兇猛，而且持續的時間非常的長。洪雅像小貓一般地依偎在我的懷裏，她早就癱軟如泥了。剛才，她不住嘶聲地嚎叫，我很擔心她出現聲音嘶啞的狀況。現在，她已經變得悄無聲息了。

我也早已經脫力，許久之後，呼吸才慢慢平和下來。我輕擁著她，忽然感覺到自己有些憐愛起她來了。她真的很漂亮，而且剛才在我們歡愉的過程中非常顧及我的感受，她撫摸我臉龐的手也很溫柔。正如常育對我說過的那樣：她不一樣，與莊晴和陳圓完全不一樣。

莊晴每次和我做完後就自顧自地離開了，陳圓卻幾乎是像小孩子一般地等著我對她的呵護。

她在我的懷裏，手在開始緩緩地動，輕撫著我的胸，「馮笑，你太厲害了，我怎麼沒有早點遇見你啊？」

我去撫摸她的背，手上一片滑膩，「早點遇見了又怎麼啦？」

「那樣我們就可以戀愛結婚了啊？就不會像現在這樣……喂！我和你說著玩的啊，你別當真！」她開始還很溫柔地在對我說，可是卻忽然拍打了一下我的胸部，抬起上身來看著我說道。

「我知道你說著玩的，我已經結婚了。雖然現在我老婆那樣了，但是我並沒有準備和她離婚。」我說，同時在苦笑。

她頓時不語，再次依偎在了我的懷裏。

靜，我們的四周一片寧靜，她躺在我懷裏一動不動，我也找不到任何話說，幾次動了動嘴巴，但是最終都把想要說的話給吞咽了回去。不過，我的腦海裏卻有著無數的東西在出現，那些東西像畫面一樣地不住在呈現，它們太紛繁了，紛繁得讓我抓不住它們的影子。

我的手機鈴聲驟然響起，這個聲音猛然間刺破了我們之間的寧靜，它的出現讓我的身體猛然地顫動了一下，忽然想起懷中還有她，「我接電話。」

「不要接，就這樣，我覺得好舒服。」她說。

電話卻尖利地在叫著，「不行，我要接，萬一有什麼急事呢？」

她這才挪動了一下身體，我翻身起床。

「馮笑，你快來……」電話裏傳來的是常育微弱的聲音。

我大驚，「姐，你怎麼啦？」

「你是馮笑嗎？」這時候，電話裏卻傳來了另外一個人的聲音，是一個男人的聲音。這個聲音低沉而充滿著滄桑感，我估計它的主人年齡比較大了。

「是，請問您是……」我問道。

「你姐的身體出了問題，你能不能……」他還沒有說完，我就已經驚慌起來了，即刻打斷了他的話問道：「你們在什麼地方？」

「我現在正把她送往你們醫院，請你在你們醫院大門處等著我們好嗎？」那個男人問道。

「好，好，我馬上去。」我急忙地道，隨即將電話扔到一邊，快速地穿衣服。

「怎麼啦？出什麼事情了？」不知道在什麼時候洪雅已經坐了起來，白皙的肌膚直晃我的眼。

「常姐出事了！」我說，衣服已經穿好。

「什麼事情？我也去。」她也驚慌起來。

「你別去，我去就可以了。」我說。

「不行，我必須要去。」她堅持道。

「洪雅，你真的不能去，以後我告訴你為什麼。」我說，匆匆往外走。

「喂！」她在身後叫我，我沒有理會她，直接出了門。

我心裏很慌亂，因為在電話裏聽到了那個男人的聲音後，我首先想到的只有一種可能——常育才做手術的傷口。

而且，我已經猜測到那個男人是誰了。

我站在醫院的大門外等候。

江南初冬的夜涼意襲人，夜風吹起，馬路邊黃果樹的樹葉發出「刷刷」的響聲，冷風拂過我的臉，即刻鑽入到頸子裏去了，不禁寒顫了一下。冷風第二次襲來的時候又那麼一下。我根本就沒有心思去考慮解決自己的那一次次寒顫，就這樣站在馬路邊，不住地朝著左右兩側的方向看著，我希望每一輛駛來的車裏面都可能有常育。

一輛又一輛車從我眼前飛馳而過，它們帶過的寒風一次次地讓我發出寒顫。沒有，沒有一輛車在我面前停下來。

在來到醫院的路上，我給科室裏打了個電話，我讓今天晚上的值班護士準備好推車。她當然不會拒絕。隨後，我還是不放心，於是又給莊晴打了個電話，讓她馬上趕到醫院來。

現在，莊晴和那位護士就在我不遠的地方，她們的身旁是一架手術推車。

猛然地，我看見一輛計程車停靠在我前面很近的地方。我朝裏面看去，發現後座上模模糊糊的有一個像常育的女人。她的身旁坐著的是一個男人。

車門打開了，「你是馮笑吧？」那個男人在問我。

「莊晴，快，快把推車推過來。」我大聲地朝身後叫道，隨後才去回答那個男人的話，「是的。」

這是一個大約五十來歲的男人，或許沒有那麼大。現在是晚上，我看不大清楚，而且我也沒那麼多心思去觀察他。不過我已經肯定這個人就是傳說中的那位副省長了，因為我感覺到了他身上的那種氣場。氣場這東西不好描述，只能感覺。他看人的眼神，面部的表情，站立時的那種氣勢等等，都給人一種威壓的感受。

「您回去吧，這裏有我。」我對他說了這麼一句。他是副省長，必須得注意影響，從他們搭車到醫院來的情況，我就知道了他們的無奈，所以，我覺得自己應該理解他。

「不，我得去看著，我擔心。」他搖頭說。

「您看著也沒用，她是我姐。您放心好了，請您不要再耽擱時間。」我說，心裏有些焦急，因為我現在無法估計常育的具體情況。

「你，聽他的吧。」推車上的常育虛弱地說了一句。

「快，快推到病房裏去。」我即刻吩咐莊晴和那位護士，她們急忙快速地推走了常育。

我轉身去看了一眼那個人，發現他呆立在那裏。我沒有再對他說什麼，只是歎息了一聲，然後快速離開。

治療室的燈全部打開了，這是我們科室設備最好的一間治療室，可以用於接生，所以這裏擁有最基本的搶救設備、設施。

「把她扶到治療床上面去。」我吩咐兩位護士。

「我自己來吧。」常育說，隨即去看了另外那位護士，「馮笑，讓她去忙吧。」

我頓時明白了她的意思，其實我也有些忌諱這件事情，因為上次畢竟是我私下給常育做的那個手術，如果她真的是那地方出了問題的話，對我的影響也不大好。

「小宋，你去忙吧。今天是哪個醫生值班？」

「唐醫生。」她說。

「你暫時不要對她講這事，好嗎？一會兒我自己去給她解釋。」我說。

她點頭，出去了。

常育已經躺倒在了檢查台上，莊晴替她脫下褲子。她的外陰血跡斑斑，而且還有鮮血在外滲出。

「什麼情況？」我問道。

「出血了，我好害怕。」她說。

我將燈光對著她的那個部位，分開，手指伸進去感受了一下，然後取出來，頓時放心了不小——出血不是很厲害，估計破損不嚴重。說到底還是前面的手術做得細緻，而且注意了預防感染，所以傷口已經初步癒合。如果不是因為外力的話，絕對不會出現這種情況。我估計，今天晚上她和那個男人才開始不久，就發生了這樣的情況，不然的話，在經過劇烈的抽插之後，肯定會出現更大的出血。

我很不理解：常育為什麼會在這樣的情況下，同意和他做這樣的事情呢？她不要命了？

在看清楚裏面的創口後，我更加地放心了。只是一處很小的破損。

處理很簡單，就是再次縫合。

醫生辦公室。

「莊晴，麻煩你去給常姐拿藥。」我開了處方，抗生素。然後把處方單交給了莊晴，還有幾百塊錢。

「我有錢。」莊晴說，把錢給了回來。

「拿去。」我說，隨即去看了不遠處的那位唐醫生，莊晴這才拿著錢和處方簽去了。

「唐醫生，今天你夜班啊？」我隨即去問那位值班醫生，其實就是打個招呼。

畢竟她今天的夜班，在處理完了這樣的事情後，應該給她一個說明。醫生也是屬於知識份子，相互之間很容易為一點小事產生矛盾。比如，有的人會因此覺得我看不起她的技術。

「是啊。」她回答，笑著問我道：「你熟人？」

我點頭，「是我表姐，小問題。」

「哦。」她說，隨即站了起來，「我去查房了。」

我朝她點了點頭，心裏對她很感激，因為她留給了我和常育一個談話的空間。

「姐，為什麼要這樣？」這時候我才開始問她。

我真的很不理解，現在的她早已經忘卻了第一次婚姻的痛苦，完全沒有必要如此折磨她自己。而且，今天晚上在洪雅那裏的時候，她都還是那麼的理智，這就說明她並不是因為欲望無法克制，才那樣去做的。

所以，我無法理解今天在她身上發生的這件事情。

「送我回去吧。」她這樣回答我。

我一怔，頓時明白她是不想在這地方談這件事情。「姐，今後不要這樣了，很危險的，你知道嗎？今天幸好是小問題，全靠前面的手術做得細緻，恢復得也比較好，不然的話……」

她猛然地打斷了我的話，「別婆婆媽媽的了，你是男人呢，怎麼這樣嘮叨？」我沒想到她竟把我的一片好心當成了嘮叨，頓時氣急，但是卻不好發作，只好悶悶地呆在了那裏。

「生氣了？」一會兒後她才問我道。

「沒有！」我說，心裏憋悶得慌。

「好啦，是姐不好，姐的心情很糟糕，你是知道的。走吧，送我回去，一會兒到了我家裏後，我再告訴你，好嗎？」她柔聲地道。

我心裏頓時好受了些，「等一下吧，等莊晴把藥拿回來了再說。」

正說著，莊晴進來了，手上拿著藥。

「莊晴，你回去吧。」我從她手上接過藥來，隨即對她說道。她看著我，欲言又止。

我明白她的意思，「一會兒我給你打電話。」

她的臉上一紅，高興之色清楚地表現了出來，轉身離開。

「走吧，我送你。」我這才去對常育說道，發現她正在看著我，臉上露出的是意味深長的笑。

扶她進屋，替她把外衣、長褲脫下，還有鞋襪。隨後給她蓋上被子，給她端來了水，讓她吃下藥。

「姐，以後再說吧，你今天早些休息，記住明天要堅持吃藥啊，有什麼事情隨時給我打電話。」隨後我對她說道。現在，我不想再問她了。她是女人，有些事情我確實不該問的。

「你陪我坐一會兒。」她卻叫住了我，「我知道，你想去和你那小情人在一起，但是，姐今天心情不大好，你陪我一會兒吧。半小時，好嗎？」

我有些不大好意思了，只好坐了下來。現在，我發現自己和她已經真的很隨意了。她會告訴我她很多不為人知的事情，而我自己也不再隱瞞自己的許多事情。比如莊晴，還有陳圓的事情，每當她提及的時候，我不會再感到尷尬。

我覺得自己遇見的事情真的很奇怪。和我有關係的那些女人好像都不在乎我其他的女人。她們竟然都是那麼的包容與寬容。我經常在想，這究竟是為什麼，最終得出的答案只能有一個，那就是：她們對我只有友情，沒有愛情。

然而，仔細一想好像又不對——趙夢蕾對我應該是有愛情的吧？她怎麼也能夠包容呢？

這是一個奇怪的現象，這種現象完全違反了傳統的愛情觀。傳統的愛情觀認為，愛情具有排他性。可是我遇到的卻不是這樣，不但不排他，反而是包容。現在，聽到她這樣說，我當然不好拒絕。我坐了下來，坐到了她的身旁，床沿。她伸出手來將我的手握住。

我感覺到她的手有些涼。於是將她的手放回到被窩裏，連同我的手。

「馮笑，你真好。你要真的是我的弟弟就好了。」她說，聲音溫柔之極。

「我不已經是了嗎？」我說，也有些動情。

她忽然笑了，「幸好不是親的，不然的話，豈不是亂倫了？」

我苦笑，「姐，談得好好的話題，怎麼被你說成那樣了呢？姐，我覺得洪雅說得對，你是官員，現在的這一切來得很不容易，如果為了這樣的事情影響到你的前途就很不划算了。比如今天晚上，你非得要看著我和洪雅那樣，這樣的事情萬一要是被別人知道的話就麻煩了。當然，你相信洪雅，也相信我，但是，你能夠保證自己在其他場合不會這樣嗎？萬一某天你喝醉了的情況下控制不住自己了呢？姐，不管你高興還是不高興，反正我今天要把想對你說的話說完。」

「你說吧。」她歎息。

「姐，」我繼續地道，「再比如說後來發生的事。那個人是誰？他是某位領導是吧？你是女人啊，怎麼這樣不愛惜自己呢？這多危險？你才做手術幾天啊？」

「誰告訴你他是領導的？」她忽然地問道，聲音冰冷異常，握住我的手即刻地分開了。

聽到她這樣問我，我心裏「咯噔」了一下。因為副省長和她的關係問題不但是她的隱私，而且更有政治的東西。雖然我不懂其中具體的東西，因為我不是官場中人，而且對社會上的東西知之甚少，但是我還是懂得那些最起碼的東西的。

很明顯，她對這個問題很敏感，而且忌諱。不然的話，她怎麼會忽然出現這樣冰冷的語氣？而且她的神情也發生了變化。我完全地感覺到她生氣了。

我不能說出林易和上官來，更不能說宋梅告訴我的這些事情。

「姐，今天晚上我見到他的時候，感覺到他身上的那種氣質，不，是氣場。這當領導的每個人都會有那樣的氣場，比如我們醫院的院長，他看我一眼都會讓我感到緊張。」我回答說。

她頓時笑了起來。我即刻鬆了一口氣——總算是過關了。

「那你說說，我有那樣的氣場嗎？」她「嘻嘻」地笑，又將我的手給握住了。

「怎麼沒有？你第一次到醫院時，那樣子讓我心裏直打鼓呢。」我也笑著說。

「我怎麼沒覺得你害怕我？那天你好像比我還厲害呢。」她說。

「什麼啊，我是裝出來的。那可是在我們醫院，在我們自己的科室裏面，如果我不那樣的話多沒面子？更何況我心裏有些氣憤你的那種盛氣凌人的態度，所以我的害怕就被氣憤給遮掩了。」我微微地笑著說。

她大笑，「原來是這樣啊。馮笑，那你現在還覺得我有那樣的氣場嗎？」

「當然有，不過我很少感覺到了。因為我們畢竟很熟了嘛。不過，每次你在談工作的時候，我還是可以感受得到的。怎麼說呢，就是很睿智，很自信的那種神態。」我回答。

「馮笑，你真會奉承人。好啦，前面我們說到什麼地方了？」她笑臉如花，嬌媚無限地問我道。

我一怔，「什麼什麼地方？」

她大笑，「剛才你還語重心長的樣子，現在怎麼變傻了？」

我頓時想了起來，笑道：「算了，不說了，今後你注意就是了。我是當醫生的，提醒你也是為了你好。姐，我真的沒有其他意思。」

「我知道的。」她的笑容即刻收斂了回去，低聲地說道，「你知道嗎？他是我的老師。」

我霍然一驚，「誰？誰是你的老師？那位領導？」

她點頭，「他是我大學老師，一直對我都很好，但他僅僅是我的老師。後來我與端木雄戀愛、結婚，他對我們兩人一直都很關心。之後，他成為了我們母校的校長，但我們三人依然保持以前的師生關係，直到現在我依然叫他老師。

「他很關心我們，有意與我們單位的領導接觸，希望領導多多照顧我們兩個人。正因為如此，我和端木雄的事業才會如此順利。再後來，他當上了省教委主任，但我和端木的婚姻卻開始出現了裂痕。端木雄開始經常不回家，身上也經常有女人的香水味。我和他吵，和他鬧，可是他卻越來越過分。有一天，老師打電話給我，說想請我們一起吃飯。那天我是有空的，但是我沒有給端木打電話，因為我不想和他一起去，我不想被老師看出我們之間已出現了裂痕，可是誰知道……」

她說到這裏的時候，淒然一笑，「馮笑，有時候我就想，人這一輩子真是不好說，好像很多東西是上天註定了似的，就如同我和你一樣。」

「有時候我也這樣覺得。」我低聲地說。這是我的真話。確實，最近這段時間來，我也經常思考這個問題。我覺得，我和趙夢蕾的婚姻，我與莊晴、陳圓，還有我現在面前的她，這一切的一切彷彿都是上天安排好了似的，因為它們太像一場夢，出現得太忽然，太不可思議。

「就在那天晚上，我和他都喝醉了。因為我去了後，才知道他的婚姻出了問題。他本來是想請我和端木雄喝酒，借此機會發洩他心中的鬱悶，同時告誡我們，不要像他的婚姻那樣出現問題。可是他沒想到去的只是我一個人。結果我和他都喝醉了。

「那天晚上，我忽然想報復端木雄，同時也很同情自己的老師。後來，不該發生的事情都發生了。就這樣，我成了他的情人。本以為端木雄不會知道我和老師的這種關係，直到有一天，就在他被處分後不久，他忽然對我說：『常育，你不要以為我不知道你和那個人的關係，以前的事情就算了，但是現在我出了這樣的事情，你必須讓他馬上給我重新安排一下，否則的話我們一起完蛋。』

「馮笑，你不知道那一刻我內心的震驚，當時我可是被嚇壞了。後來的事情我不想多說了，反正他得到了他想要的一切。但是他卻並沒有就此甘休，反而變本加厲地開始折磨我。這些事情你已經知道了。現在想起來我心裏都還是很傷痛。馮笑，你說，我是不是一個壞女人？」她開始哭泣。

我捏了捏她的手，「姐，你別哭了。有些事不是可以簡單用好或者壞就可以區分的。要說壞的話，我才是真正的壞呢。但是，我也經常問我自己，究竟是不是一個壞人。我覺得自己不是，我不是壞人。只不過意志力薄弱，性格懦弱，很多事情把持不住罷了。還有就是，我太博愛了，博愛到幾乎沒有原則。我估計是因為自己以前一直太壓抑，所以現在才在潛意識裏讓自己變得放蕩起來的緣故吧。哎！」

「馮笑，我太在乎我的老師了，我不想拒絕他，他對我也一直很好。今天他給我打電話，本來是要對我說點事情的，可是我們見面後就都抑制不住自己的感情。我們已經很久沒在一起了，這都是我不好，他現在肯定很內疚。馮笑，今天的事情我得謝謝你，因為你想得很周到。」她說。

「你馬上給他打個電話吧，免得他擔心。」我即刻對她說道。

「我已經給他發了簡訊了，在我們回來的車上。」她說。

我點頭，「姐，那你好好休息，我得走了。我答應了莊晴的，今天晚上要和她一起吃宵夜。姐，你餓了沒有？不然的話我一會兒給你帶點回來。」

她燦然一笑，「算啦，你去和你那個小情人吃吧，姐就不影響你們了。說實話，我很喜歡莊晴這個小姑娘的。對了，陳圓的事情我已經安排好了，你讓她下周到我單位來找我吧。」

「姐，太謝謝你了。」我頓時高興了起來。

「抱一下姐。」她低聲地說。

我彎腰去將她輕輕抱住。

「他，他又結婚了。」她說，在哽咽，我頓時感覺到自己的臉濕濕的。

「誰啊？」我問道。

「我老師。」她說，在開始抽泣，「我早知道有這一天的，因為他不可能、也不敢娶我。所以，我才和你這樣，才那樣折磨我自己。」

我忽然感到一陣心痛，「姐……」

她將我推開，臉上在笑，淚水佈滿她的臉，「去吧，姐想一個人待一會兒。」

「姐……」我忽然擔心起來。

「沒事，我睡一晚就好了。你去吧，如果姐有事，會給你打電話的。」她說。

我點頭，再看了她一眼然後離開。

沒有打電話，我直接去到了莊晴那裏。摁門鈴，裏面傳來了急促的腳步聲，門開了。

「哥。」陳圓的眼裏充滿著驚喜。她身後是莊晴，她歪著頭在看著我笑。

我進去，反手將門關上，伸出雙臂，「來，都來我抱抱……」

我擁抱了她們。只是擁抱，因為我需要溫暖。

早上醒來的時候窗外已經放亮，「你們兩個，誰去買早餐啊？」我坐了起來，伸了伸懶腰，然後問道。

「你自己去吧，我還想睡一會兒。」莊晴說。

「我去，你們睡一會兒，反正我不上班。」陳圓道。

「好，你去。幫我買包子，醬肉的。」我說。

「嗯。」陳圓說，然後朝臥室外邊走。

「我也起來了，最近發現自己好像胖了許多，得起來鍛煉一會兒。」我隨即對莊晴說。

「別……陪我再睡一會兒。」她輕輕地將我抱住，低聲地道：「我想要你了，等陳圓出門後我們就開始。」

早上醒來的時候心裏本來就浮動，但是我至今還不習慣和她們兩個人一起做那樣的事情。現在，莊晴忽然提起來了，我內心的激情頓時開始勃發出來。

可是，陳圓還沒有離開，我聽見外邊不時地傳來她的腳步聲。很顯然，這是她在熬稀飯，還有洗漱。

「等等，別著急，等她走了來。」我低聲地說。

她「吃吃」地笑，緊緊朝我依偎過來，唇，開始親吻我的臉頰，還有耳垂。

「別鬧，她聽見了不好。」我攏動著我的臉說。

這段時間覺得過得好漫長，因為心裏的激情一直被壓抑著。而且還不能大聲地說話。終於，我聽到外邊傳來了陳圓的聲音，「哥，莊晴姐，你們幫我注意一下廚房裏面。我出去了。」

「好。」我大聲地應著，竟然發現自己的聲音是顫抖的。

外邊傳來了大門被關閉的聲音，莊晴翻身而起，猛然大聲地道：「馮笑，來，我們開始！」

於是，很快地，這個世界上便沒了他人，只有這兩個人的世界。

當她那驚世駭俗的胴體出現在我面前時，我的欲望，瞬間達到了極限。

我的激情被燃燒的如火如荼，有種上天的聲音在不斷地告訴我，這個身體是屬於我的。所以，我要享用。

所有的語言也無法形容此時的美好……有人說，性欲是骯髒的東西，男女之事是骯髒的勾當，把男女之情當成是色情，當成是不堪入目，當成是淫穢的內容，一個嫖客，或者是一個喜歡跟女人上床的男人，會被人唾罵，會被人罵作風流無恥。

然而，這是人的本質問題嗎？這是人類天生的本能，這是人類繁衍的必備條件，什麼色狼、花花公子，淫賊等，這些稱呼都是極度侮辱了人類的真實，試想一下，如果沒有了性，世界會變成什麼樣？沒有了男女之事，世界又將變成什麼樣？

因此，正常的人都是有情欲的，只不過有的表現出來的強烈，有的隱藏在內心罷了，為什麼要隱藏？因為這是被認作為違背倫理的事情，為什麼違背倫理，卻是因為現在是文明社會，文明社會的人是不能隨隨便便地發生性關係的……

扯淡！

這個世界就是這樣，有的人可以同時擁攬眾多美女，甚至讓美女自動投入懷抱，世人稱之為風流淫賤；有的人卻沒有這麼好的運氣，苦苦求索卻沒有任何女人願意為他奉獻青春，這種人被稱為老實本分。這個世界就是這樣，有時候，風流並不是人本身的過錯，怪就怪女媧娘娘造人的時候，就分了男女，就讓男女有了欲望，有了本能的需要。

其實，只要不是以性為交易，或者以玩弄異性為目的的曖昧，我們都沒必要罵其無恥。

情欲，並不是一件可恥的事情。

做愛，也不是一件無恥的行為。

只要對方願意，只要不是為了金錢，不是為了欺騙，即使一世風流，又有何不可呢？

請續看《帥醫筆記》之四　生死之間

帥醫筆記 之3 難分難解

作者：司徒浪
發行人：陳曉林
出版所：風雲時代出版股份有限公司
地址：105台北市民生東路五段178號7樓之3
風雲書網：http://www.eastbooks.com.tw
官方部落格：http://eastbooks.pixnet.net/blog
Facebook：http://www.facebook.com/h7560949
信箱：h7560949@ms15.hinet.net
郵撥帳號：12043291
服務專線：(02)27560949
傳真專線：(02)27653799
執行主編：劉宇青
美術編輯：許惠芳

法律顧問：永然法律事務所 李永然律師
北辰著作權事務所 蕭雄淋律師

版權授權：蔡雷平
初版日期：2015年8月
初版二刷：2015年8月20日
ISBN：978-986-352-200-3

總經銷：成信文化事業股份有限公司
地　址：新北市新店區中正路四維巷二弄2號4樓
電　話：(02)2219-2080

行政院新聞局局版台業字第3595號 營利事業統一編號22759935

定價：280元　特價：199元

國家圖書館出版品預行編目資料

帥醫筆記／司徒浪著. -- 初版-- 臺北市：風雲時代，
2015.06 -- 冊；公分

ISBN 978-986-352-200-3（第3冊；平裝）

857.7　　104008026